Drifting to my mind
云谁之思

汪涌豪 | 著

译林出版社

图书在版编目（CIP）数据

云谁之思 / 汪涌豪著. —南京：译林出版社，2020.1

ISBN 978-7-5447-6406-3

Ⅰ.①云… Ⅱ.①汪… Ⅲ.①诗集 - 中国 - 当代 Ⅳ.①I227

中国版本图书馆 CIP 数据核字（2019）第 176619 号

云谁之思　汪涌豪　／著

责任编辑　刘　免
特约编辑　潘梦琦
装帧设计　王晓玫
校　　对　蒋　燕
责任印制　单　莉

出版发行　译林出版社
地　　址　南京市湖南路 1 号 A 楼
邮　　箱　yilin@yilin.com
网　　址　www.yilin.com
市场热线　025-86633278
排　　版　南京展望文化发展有限公司
印　　刷　苏州市越洋印刷有限公司
开　　本　787 毫米 ×1092 毫米　1/32
印　　张　13.5
插　　页　4
版　　次　2020 年 1 月第 1 版　2020 年 1 月第 1 次印刷
书　　号　ISBN 978-7-5447-6406-3
定　　价　68.00 元

目 录

一、七丘山的荣耀

像你这样的希腊

谁该庆幸，
从这里任何一个角落
都能够仰望它，
伟岸廊柱支撑的
失落的文明，
是这样不知疲倦地
睁永夜不寐的眼，
犹如神灵，
执拗地寻找着自己
前身不灭的踪迹。

自从拒绝波塞冬，
接受了油橄榄树的庇荫，

阿克罗波利斯呵，
你高丘上的每一座神庙
和城邦中的每块基石，
就命定被安上了这样的眼，
还有嘴，来向人重演
完胜埃斯库罗斯的
离奇的遇合，和脱胎于
克里特与迈锡尼的
伟大剧情。

然而希波战争的荣耀，
终究没挡住神庙的崩塌。
随同崩塌的还有那些
随风吟唱的丛草的挽歌，
会识别黑海来的干鱼
为何还带着腓尼基椰枣的清香，
此刻不再能烘染所有
垫着迦太基枕头生出的梦，
包括受它启发的

柏拉图学院的辩难，
而只能任伯里克利的雄辩
成为寂寞过夕阳的绝响。

按说你既服膺了雅典娜，
就该爱掷铁饼者甚于持矛者，
并能容忍从米利都到犬儒学派
不同凡俗的思想。
你既认同帕里斯的选择，
就该放弃追逐黄金，
能爱美甚于世间一切的财货，
既自豪于竞技场上的胜利，
又能涡旋出少女的卷发于廊柱，
再用莨菪叶拟议她的华贵，
由此能挟复杂的凹槽随马其顿王
远征，将自身婀娜玲珑的至美
传播到北非西亚。

你骄傲你正是这样做的。

以至现在残破的躯体仍可期待人

想象你之所以有大跨度的环柱结构，

是因为周彻几何与力学的奥秘。

你不想要更多的掩饰，

所以决不愿意砌那么多的高墙。

你这样的开张而且自信满满，

是不想统率冥界的魂灵，

只愿有肃穆与崇高

从中楣攀上坡檐，去主张

之所以这样挽定盾牌，

不是你烈士畏避锋矢，

只为面对她灼灼而不舍的目光，

仍须坚持自己的方向。

如何迎回雅典娜

从伊瑞克提翁神殿
搬来的卫城的十二主神，
才在自己的门楣两端
安顿好斯芬克斯，
就惊讶地发现古集市上
赫菲斯托斯神庙的猫头鹰，
已然循弧形的台阶，
轻松地攀上了
纸莎草装饰的图书馆。
它串联起欧亚各种语言
来唱颂她的智慧，
尤其远方初霁的天光中，
庇佑着众生的她的

无比优雅的开放。

她是宙斯的女儿，
从父亲头颅中诞生的
圣洁处子的异禀
决定了她还能用勇敢
装饰她巨人战中赢得的
帕拉斯的皮盔甲，
不仅能折回每一支
矛尖上的寒光，
还能在每个暗沉的夜
抚慰正纺织与园艺的妇人，
并尽可能相信男人们的
绘画与雕塑，
真可以有
映象神的创造。

这样才有一个先哲，
在伯罗奔尼撒战争后

重回这座被斯巴达碾碎的
全是创痛的城市。
让她的智慧从此乘
克菲索河畔的风，
在阿卡德米学院的
算术、几何与天文课中
闪耀出洞穿一切的
神圣的光。

这样才有一个国王，
假先圣的护佑，
将哲学与法律拉到身边。
她们的同伴托着陶罐，
宣示考古所能发现的其实是
当下的历史，其中有一些
像蛇缠住俗世中的灵魂，
不是悲剧，是为疗救肉体，
以便人能更利索地走向
她所未知的远方。

原谅我没把最好留给你们

晕眩并有些恍惚，
是因为所有人都看到了
通往冥界的阿伽门农，
和他金面上残留的
特洛伊的风霜。
然而他的嘴角仍有坚毅，
并紧闭双眼，
为这根本不能收敛的
他看得透敌人的目光。

亲眼见识过这种雄心的
奥德修斯和喀耳刻，
为何比不上那个舒展肢体的裸男

和奔马上紧张的少年。
甚至涅瑞伊得斯够妩媚，
都能呼应他的心跳，
为与他一起缔造的青铜时代
固然是他的功业，亦成就了自己的
梦想，是那样的开张又豪迈。

这样再看从圣托里尼剥落的
他们朝欢暮悲的日常。
那莹澈的水晶杯映照过的
他们朗亮的脸，
如黑绘或红绘的各式瓶画，
见证着一场角斗接一场婚礼，
都乐见橄榄丰收的庆祝舞蹈中，
有更多牛的奔逐
和孩子们自由的嬉闹。

直到他们中有些人
没征兆地中了恶的蛊，

瞬间被夺走了灵魂，哭自己
连花都会为之垂泪的
最最可怜的夭亡。
此时纵然有带三角楣的神殿
认真地保存了他们眼中的忧伤，
但像月亮与晨星告别，那生命的微光
终究隐没于远方昊天的破晓。

且尽斯巴达墓穴中的
每一个金杯之欢，
慰我将要湮灭的每一场春梦。
再借基克拉迪斯岛上每一张
竖琴的玉音，
送我以祖先安魂的吟唱。
我就用一部分的我为你们驻景，
但更好的过往，须伴我
永远地留存于地下。

最神圣也就最难面对

谁在帕尔纳索斯山麓
凿刻出这样浑圆的欢呼，
并让它错落跌宕出
足够的涟漪，如阶梯，
来折落皮提翁竞技场
射出的胜者之箭。
然而它再直而迅疾，
还是不能抵达宙斯的鹰
所驻在的两极天际，
也没法去接应那些神祇，
并同其逍遥，再无远弗届。
所以他只有深自敛藏，
进而虔诚地跪所有

它们稳占的殿，又努力
听从奥姆法洛斯
从这个世界之脐发出的
每一道训令。
直到天边向晚的云彩
柔和了圣地庭院的庄严，
祭司皮提亚的神谕
开始伴座下的大化氤氲，
变得离合无垠。
他感到其中有一些沾带了
圣泉之水的甘洌，
可尝试用身边整片的
橄榄树，去冲抵它
月桂流溢的芳香，
但还有一些却令他
战栗不止。
为着头一次知道这个世界
最不了解自己的
就是他自己，

正如最不受控制的
就是自己
最野放的欲的身体。
他刚刚刻勒完那句
伟大到有些促狭的箴言，
还没等体会其中
含藏的深意，
神已心生厌烦，
并且不让他喘息。
从此他活着
就意味着受苦，
必须以一身的狼狈，
去面对
那个叫俄狄浦斯的
残酷的预言。

我已用了我全部的力量

康斯坦丁浴场
萎坐着那样狼狈的搏击手。
他挂满全身的镶铜的伤口
和疲惫失神的眼，
一起看向曾属于自己的时代，
是犹记得巴忒罗克莱斯
举行的葬礼，
如何经由阿尔菲奥斯河，
最终汇入了伯罗奔尼撒岛
不曾停歇的波涛。

他觉得自己对不住
最早将双手缠上皮条的

海格力斯和忒修斯，
尽管也曾扛巨木奔跑在山冈，
耳边响起的不是生死，
是将要投入陶壶的身后名，
有比长天四月
更值得珍爱的她的明眸，
当时却正望向那些壁画与泥瓶，
哪里有他最希望看到的
米诺斯男子的蜂腰。

看克里特岛吹来的清冽的风，
每天都在叫喊着爱琴海的昏晓。
一如他踢得穿盾牌的神力，
无时不在提醒他
要做定斯巴达勇士的同道。
去承担自己的使命吧，
洗刷净从波斯人到汪达尔人
加予的耻辱。这让他
无比钦佩昔日战死的勇士，

此刻当然无惧于投身潘克拉辛，
能专注地体会
将要到来的死亡。

埃拉乌斯山上
有柏拉图摘取过的月桂。
将勇敢视为美德的是亚里士多德，
尤鼓励唯理性、美和力量
才能给万物吹嘘进生命，
似也让他聚集起最后的力气
重新站上台肩摔，裸绞。
终于，倒地的一刻到来了，
和被召唤出的宙斯垂青的目光。
他依稀看见心仪的迪奥希普，
但四周空气是否已凝固，
对方笑与没笑，
他已经无从知道。

不愿让辞书来定义的你的美

以这样绝对到夸张的
白与蓝对上天与海，
且不像是在模仿，也没有谦虚，
只想为一种看似脱序的沉醉
讨要到重新定义的权力。

因为有这样近乎透明的空气，
谁还愿读取久压在心底的阴霾。
谁能用足够平稳的呼吸
翻那本最厚的辞书，然后告诉你，
自己已洞悉了阆苑蓬壶的含义。

且用米诺斯的爝火，去点燃

柏拉图的世界。但因落日启示，
有些渐渐到来的灵魂
不免仍执残存的爱，甘愿投入
这片叫伊阿的崖底。

二、在亚平宁的天空下

诸神之上

——献给拉斐尔

这是罗马仅存的排场
和奥古斯都最庄严的表达。
那天穹上的孔洞,
似时间之眼的窥探。
无窗无柱的空间
全无神像,
不是你习惯的堆砌,
是拥挤着热意的
拜服与敬畏。
然而上帝的意志是
刻刻想着训教,并交由
太阳神在每个时段,

如日晷
逐行地向人垂示。
但它没有想到
从乌尔比诺来的那个人
会挑战它的权威。
他拥有天使的名字，又似
剽夺了它的威灵。
然而他的仪态实在优雅，
超过了好斗的米开朗琪罗。
他平静地送
荷马与维吉尔去攀
帕尔纳索斯山，
自己却与诸神站在了一起，
并似乎因此与他们
一样，有了脱不去的光环。
佩鲁吉诺说：
你要去大师云集的佛罗伦萨！
教皇则说：
你快来美化我座下的生活！

一城的春风骀荡如花，
让他选择
以圣母来传递心事。
不经意中占住的
是贝尼尼留下的壁龛
和虚位以待的
千秋万代的声名。
又是丽日曛暖晌晴天，
阳光在他的石棺前
小心收回自己
有些恣滥的投放，
然后谛听风雨如晦，
再小心地确认
他自带的光环，真照亮了
彼得罗·本博的悼词，
同样充满了
热意的拜服与敬畏：
你活着，
自然之神黯然败北，

你死去，
自然之神仍难比配。
但尽管如此，
还是很少有人知道
他其实不确定自己
能否守住灵魂，
这样他才让弗纳丽娜坐在
被隐去的
香桃木与柏树叶前，
让后人费神去猜
自己三十七年的生命如花，
有几年毁于有毒的颜料，
几年付于更毒的情伤。

真言之口

你说春天来了，
但自己却没来，
这能算是春天在说谎？
你说人生非常美好，
又害怕它有终点，似坐实了
唯祈愿即为自欺的成言。

广场上的目许心成
和台伯河边
商贩们信誓旦旦的担保。
拜占庭风的镶嵌画下，
一双训导信众的眼
正看向蹦跳着跑进来的小孩，

这究竟是谁在兜售谎话。

但我仍然相信
自己的呼吸是真实的，
还有脉搏与电脑波
都可以拿到机器上测试。
直到踅过方特纳神殿，看到街头
满屏高亮的广告，一个个
都展示着不由你不信的
灿烂如花的笑面。

所以我提醒你
要能识别一切的假真与伪善。
你相信我阅人无数，
居然仍能向你敞开灵魂的密室，
也就自信地将手塞进了
特里同张大的嘴巴。孰不知
我也没意识到纵是再真诚的盟誓，
仍挡不住有一种不自觉的欺瞒，
悄悄地来到你跟前。

萨福的坎帕尼亚

人们用船歌唱颂的那不勒斯
是何其幸运的坎帕尼亚。
那晚星带回的曙光,
是日初出的希腊。

但即使你美而幽深的街巷
如女神缀满珊瑚的长发,
若未经她目光的巡礼,
也不能把人留下。

此刻在你贵重无比的红色楼房,
散发着异样冷艳的灼灼光芒。
安菲翁都无法伴奏的歌诗,

有她最为炽烈的情感。

来吧，将要离我而去的爱人们，
怎么就忍心看着我汗出如浆。
我浑身发冷，舌尖上打战，
却仍说不出对你的绮想。

终于握笔凝神于爱琴海无尽的柔波，
我已经能感到周身清凉无汗。
我越来越趋于平稳的呼吸，
似近乎寂灭的心的微澜。

只是可惜我再也不能用我的第一人称
来笑对荷马时代所有拙劣的明喻。
我本是阿芙洛狄忒忠实的信徒，
居然被奥维德错配成了船娘。

会饮中人们率意吟唱起我珍爱的歌行，
全不管柏拉图第十位缪斯的褒奖。

我依稀留存的若断似续的声息，
堪堪将要从纸草上消亡。

但我依然不追求诗艺中所得的幸福，
也愿你们别遭遇爱情中的祸殃。
我无意用诸神的名义劝谕，
只想用自己的喉管歌唱。

何物永恒

远处
维苏威火山吹来的风刚刚发烫，
接踵而至的浮石与灰烬
就瞬间凝固了悠缓爬行的时针。
巫师堂的钟声
和浴室中一同被凝固的水珠，
庭院外犬吠的余音，
像极了鸟未及喊出的惊吓。

此前
勇士的第一声吼叫，
已震毙了斗兽场上的狮虎。
人群的极度疯狂，

诱发了酒保与鸨母串通，
很快让一些人喝上了兑水的浊酒，
又让一些人寻着摸熟的街巷，
走向了肉欲的迷乱。

继续
吼叫着拨开成排的迷迭香与油橄榄，
眼睛扫过正坐地起价的商铺主
和被他高悬在头上的神像。
思忖着已赎回财产的吝啬的主人
何时为相好买回东方的丝绸与香料，
也因为自己这样的勇敢
早已配得上更加贵重的盔甲。

看那
流向那不勒斯的萨尔诺河
多情地围绕着故乡。
与空旷的圆形剧场相伴的镶嵌画上
也有我心仪很久的姑娘。

我是用整个身体活着，

却只为吻你琼台似的秀鼻。

你温暖柔软的香脂山，

是我诉向主神朱庇特的梦想。

这样

就能无视普里阿普斯的诱惑，

和画满墙壁的男根，

也经得住五个阳台上红袖张开的召唤，

并报之以潇洒到惨酷的谑笑。

但可惜

我刚在心里建起一座你的神龛，

还未及认真确认，

火山灰已纷纷落下

……

塞壬之歌

只有拂晓时分，
第勒尼安海的天使
才隐退到法拉格里翁竦峙的岛后，
让如期而至的灵性的歌唱
将一班后生骚动到大喊大叫。
他们是奥德修斯的后身，
仅懂得用蜡封住双耳。
但不受约束的眼睛
忍不住偷偷地四下张望。

呵，你美到不可方物的海妖，
曾用热艳的魅惑
让特洛伊英雄把自己绑上了桅杆。

但就此会招来更多人甘心受缚，
怎么就没有想到。
你因输给缪斯而有的鸟一样轻盈的身形，
近乎阳光下最多情的蔷薇的花瓣。
芳香才沾上你敞开的衣衫，
从此就在轻狂的少年心底缠绕。

回念旧时朱庇特行宫里的烟月，
你用情死向罗马人招摇。
可惜塔西佗与苏埃托尼乌斯的证词
还是被许多人抛到了脑后，
说宫后边的提比略悬崖，
有无数的旧爱被投入大海。
她们有的是因皇帝变态的荒纵，
有的被他归因为冥冥中
所受到的你的操弄。

飞过鲜花的精灵

哪一座城市
能冠以鲜花的名号？
哪一处宫门
适合建文艺复兴的大纛？
多少人赞叹，
锡耶纳的马尔蒂尼
会仰望威尼斯提香的花神，
博尼塞纳的圣母子
有丁托列托无法梦见的高妙。
但你依然倾服
米开朗琪罗的西斯廷，
和达·芬奇笔下的博士来朝；
你尊奉波提切利湿壁画中

怀孕的女神，
却忽略了它俗世中的灵魂，
伸展着瘦弱无助的枝条。
现在你知道了，
是美第奇家族三个世纪的慷慨，
让她们中许多人终身有靠。
作为骑士的后裔，
它没忍住家徽上的炫耀，
终究还记得《神曲》中的警示。
这样才有了乔凡尼
借马萨乔伟大的透视术，
让自己脱出了借贷者的骄纵。
有科西莫
站在但丁第七层地狱的门外，
庇护着画家与学者，
以便被柏拉图洗发出的哲思
能重新闪耀睿智的光芒。
更伟大的当然是华丽公爵
洛伦佐的嗜酒与好色，

是一点都不少于他的恭谦与好施。
他忠实为诗与艺术护法，
终使纵火的修士萨佛纳罗拉
在他映照下，
也再揩不去鼻尖上的白垩
和唐突悖乱的轻狂。
几个世纪过去了，
远处花园兀自传来
与当初一样的橄榄树的清香。
那刺莓上的露水
仍刺激着人想到宴会上
那些装饰于女人眉睫的泪珠。
他从每一张
有他的画中走下来，
每一次都投自信的目光
越过卡佩家族，
和哈布斯堡家族的宫斗，
看到早已干瘪的谱册上的字行
居然曾被人这样的炫耀，

觉得自己的生命固然短促，
终究不似彼人
喧嚣与骚动的徒劳。
何况四百万块红砖搭成的
鲜花圣母的圆顶，
和乌菲齐中
让拿破仑都垂涎三尺的珍藏
都唱诵这座城市的僭主，
这使意念中的他再次
变得轻盈起来，
有些迷惘。
呵，佛罗伦萨，
你是这样
让每个人都尽情舞蹈，
每个灵魂都因为你
悉数化为飞鸟。

歌集十四行

终于合上在阿雷佐初睁开的眼睛，
弥留中依稀获得过神启，
是教廷的权杖和城市里宠命优渥的迎迓，
都不如有圣奥古斯丁相伴回家。

包括被《阿非利加》引到卡比托利欧山的神殿，
久违千年的桂冠在人群的呼唤中轻轻落下。
但一个基督徒对天国的憧憬
岂会因温托索山上的风景而变得黯淡。

这样就回到了留在维吉尔手稿上的自己的初心，
在阿维尼翁居留的某一年中的某一天，
还有圣克莱尔教堂前的某一个致命的瞬间。

这样就唤出了托斯卡纳晴空下最美的月的眉与星
辰的眼，
在白昼被夺去光明的某一刹那，
及此生被注定了的一千次生之后的一千次死灭。

被囚禁的布鲁诺

以令人绝望的速度，
让心坠落到深不见底的囚牢。
坚厚的石壁，
截断一切生机的粗粝，
彻底凝固的呼吸，
是唯一酬答你思想的醴醪。
回到永诀前最后的一瞥，
叹息桥上，
八瓣菊花放入的海天
溢满妻儿们哀哀无告的悲号。
远隔天涯的杜卡雷宫，
徒然敷贴的玫瑰色的阳光，
本不似丁托列托绘出的绝美天堂。

终于，底层敞廊上如沸的市声
唤出了二楼
第九根立柱上的判决。
十人厅中的狮子嘴
也再塞不进滚滚而来的冤告。
这样来看勇敢过塞尔维特的智者
和他灰堆上排布华宴的孤傲。
七年中，他一直期待
红衣主教的锤子能早早落下，
直到生命中最后的
激情之火真的点燃了
高加索冰川，
他的肉身无须再四处颠簸，
灵魂由鸥鸟围绕着，和着泥土，
自由地融入了台伯河的胥涛。
抬眼仰望星空，
亿万万光年奔驰的苍穹，
总有人拨开神的阴影，
朝向地上的众生，

说有一颗星完美的坠落，

实是在为

被蒙蔽的你们

祷告。

见证一个艺术成瘾者

——致佩吉·古根海姆

根本无从见证
运河上她随意漂荡的灵魂。
自从父亲带着情人
随泰坦尼克沉入海底，
她就再没有安全安分的人生。
尽管如此，
她大胆的个性开放出的情史
仍让缪斯以外所有人吃惊。
养成她现代趣味的杜尚
没教她如何
与疯狂过困兽的艺术家相持，
她不惜与布朗库西上床，

居然还能识拔波洛克于微时。
再说她夸张的眼镜，
绝配考尔德抽象到极致的耳饰，
与高高直竖于门口的挑逗
一起，都类同故意搬来的
马里诺·马里尼的天使。
但这一切的一切
仍难定义她桀骜的一生。
你说
她不收藏男人，
只收藏艺术；
不是现代艺术的情妇，
只是懂得才爱得更多。
不具备商人的精明，
更多是出于对落魄的拯救；
不想占有那些杰作，
却真心想被它们占有。
其实
她不迷恋骸骨，

只是为未来收藏。

她甚至不是

收藏家，

就是一座美术馆。

你的卸妆与退场

阿尔瑟河谷的暖阳
赋予这城市赭黄色的矜庄。
没有谁会想到
狼哺育的子孙居然能
利落地贩卖羔羊；
沙林贝尼广场上的银行家
能借出人一辈子
都不能还清的贷款。
然而这就是你
叫板佛罗伦萨的理由吗？
包括俯瞰整个托斯卡纳的塔楼，
是它们让你有了底气，
来力压那座人见人爱的

圣母百花教堂吗？

当然你最不该忘记的是

放荡桀骜的杜乔

早就给圣徒穿上了衣褶曼妙的华袍，

马丁尼遣去告知受胎的天使

也已经能洞穿

玛利亚世俗的惊讶。

很快里海的瘟疫以玄铁般的黑，

瞬间就抹上了

洛伦泽蒂兄弟的圣像，

木板上蛋彩才卸下光环，

也立刻被叠压上死神嫉妒的目光。

最可叹的是

那些带着鸟喙的医师

来不及耻笑只会放血的理发匠，

就只好绝望地看难以挽回的

一城的灿烈如锦，

转瞬跌落到九重深渊，

没有一丁点迟疑地

就淹没了所有不甘命绝的祈告。

夜幕已经落下，

鸟已无心歌唱。

你说万物复苏，

我只看到凋亡。

所以我不要听贝壳广场上

人们因赛马而吼叫。

当然，那马斯卡彭芝士上

开出的甜到发腻的

提拉米苏，

我也不要。

北麓的博洛尼亚

这是上帝赐予
翁贝托·埃科的符号，
以及他用玫瑰之名
奉献给后现代开放的杰作。

这是乔祖埃·卡尔杜齐诗中
古希腊辉煌的韵律，
和他精准修辞勾勒出的
冬日的塔楼，
及雉堞上未曾褪去的朴拙。

这是最早人体解剖教室外，
后到的薄伽丘与彼特拉克相视莫逆的开始，

和有人为托斯卡尼尼欢呼着，
伟大的阉人歌手法瑞内利十度音程跳进，
让所有绅士都疯狂地
攀爬上了铺满花布的酒桌。

十二座古城门
尽是埃特鲁斯与逝去罗马的留影。
莫兰迪画中的土红与紫灰，
不经意就涂上了圣卢卡笔直悠长的柱廊。
公元前的街巷和十一世纪的城邦，
马乔里广场的声器里，
有它全部哀感顽艳的起落。

可是倘若你只惦记着帕尔马的生火腿，
或两个家族斗气建成的斜塔，
那么即使来到这大好的波河平原，
仍不能算与它真正相识。

爱上阳台

因为嫉妒与害怕，
宙斯举起冰冷的斧子，
从此人有了
寻找另一半的宿命，
有了皎然悬于夜的颊上的
朱丽叶的明眸，
能一下就点燃罗密欧的激情。
但她宁愿自己是微弱的光，
好在暗沉的夜的帷后
拥她的爱入怀。
不能确知的只是
这么容易就降心相从了，
如何涤得清罪的深重？

时光穿越到今天，
我和你频频聚首又道别。
我时常分不清何谓坟冢与婚床，
正如守不住秘密的你
却什么也没法向我公开。
彼此取暖是鼠辈，
独来独往是雄狮。
谁愿将一刻的莫名感动，
换一生的无法沟通？
虽说没有过爱就不知道孤单，
但谁又担荷得起
花一生投入的爱情，一天
就被扔进了记忆的黑洞？

皎洁的月亮
已将朱丽叶的光
涂抹上果树柔弱的树梢。
求你别再对着它起誓，
以免让周围的人觉得可笑。

然后，时间慢慢丢失，
妆容日渐惨淡。
绕过不再重促的彼此的呼吸，
我们似只剩下了算计。
看当年明月，
何曾归去。
叹给得越多，
所为何来？

就这样，
在曾经历过的爱中，
我们只关注自己，不再留意对方，
我们孤独得像极了北极的熊，
连脚下的鱼都懒得张望。
抑或天上的流云与地下的水滴，
这一滴宁可自己封冻住一生，
也不会与另一滴相融。

就这样，

我们只能在濒死中
无望地祈求上帝，
再垂下凯普莱特家屋檐下
早已枯萎的藤条。
我们忘记了阿里斯托芬的告诫，
不记得这些箴言是否还能渡人
驶向真幸福的天堂？

就这样，
我们来到了维罗纳
这个虚拟的阳台，
且相信爱就是你看到的他的第一眼
和随第一眼而生的对方的皮相。
至于世上的假真与伪善，
一切的姻缘自有它的因缘，
它的秘密，只有老天知道。

蒂沃利的乳汁

七丘山的东边，

萨比尼山托举的神奇宫殿，

数百处喷泉冲刷出的

远古希腊的容颜，

曾启发了失意的红衣主教

用阿尼埃河水

注入她每一个饱满柔软的乳房。

她藤蔓掩映的明眸

有你不敢回盼的娇羞；

苔藓遮蔽的皓腕

让你颤抖着，

跟不上一千年前的节奏。

呵，热衷建造的伟大的哈德良，

创辟幸福时代的贤明皇帝，
他天才地擘画了这么多的曲线与圆顶，
只为安顿坎诺普来的治愈之神。
他同时引入尼罗河水，
也只为能留映
被他封为神的安提诺斯的身影。
史家关于他
土地配合野心的指斥，
他没有回应，
而尤瑟纳尔的发覆
似可以用这样一座园林解明：
你所谓的断袖之癖，
恰是我的灵魂的知己。
只是我已老去，
不忍见尼禄们的侵夺。
我要在这里，
这日见拥挤的罗马留下印记，
作为我一生好游的归宿
和与他漂泊无定的营地。

被你治愈和弥合的我的创口

为阿尔卑斯山融雪
赋予的你的阴翳，
和经常被人误解的你看似
漠然的贞静，
无时无刻，绝非无心谛听
风的流荡，
是因为太轻，
才令你无法尽显匀腻的
丰肌如文锦，
只好任远天云的妒忌
变化着面具，
诠释所有的怅惘，
全是因为期望之殷，

才找不到

魂魄遗落的痕迹。

看你庭前米兰的霓裳，

带着为这贞静挫败的沮丧，

它们哪一款都不能

掩夺你的飘逸，

有模有样，绝对有心俏卖

一季春风的骀荡，

是为了恣人所欢，

才替人犁开冰川，

任谁比照自己

清减了十分的脸，

和孤独到

曾无一滴可饮的渴念，

要怎样撕开创口

才无须在你

温情脉脉中弥合。

四周多么寂静

这样神就收纳了她
本属天籁的声音。
她克利奥帕特拉的眼睛
被交还给了地中海
如音符般闪烁的星星；
完美过卫城雕塑的脸
回应了伊瑞克提翁廊台上
女神圣洁的表情。
然而她黑丝绒般的云发，
每丝每绺
都让忠实的祭司犯难：
我已向缪斯奉献了一切，
但实在不了解

斯卡拉歌剧院的情形。
如果拯救过贝里尼和唐尼采蒂，
又征服了顶层楼座挑剔的是别人，
如果嵌金包银的酬应
最后都仅让位给了薇奥列塔式的痛，
而不是由她唱出诺尔玛中的
魂系梦萦，
那么就请允许她在发抒完
对艺术与爱的热恋后，
用这里的垂幔充任西西里的晚祷，
来隔断一池的欢呼
和自己
短暂而华彩的生命。

三、哀悼中的日耳曼尼亚

哀悼中的日耳曼尼亚

那片丰饶的土地，
是月桂冠下女神嫩黄的霞帔。
她金发遮掩的眼神
令罗马人禁不住地发狂。
然而她是贞洁的，
有莱茵河洗出的冰雪聪明
教她勇敢地执剑，
披上了普鲁士的斗篷。
而俾斯麦与毛奇的不朽勋绩，
自然引出塔西佗的史笔，
不费神就让一栋陈旧的建筑
从此得以分享她一部分
流芳百世的令名。

由此再摩挲它每一块粗粝的基石，
细数留在上面的
查理大帝以下的历史，
每一道刻痕似乎都在说着
法兰克王国的故事，
抑或马丁·路德
足以改变人精神世界的仪轨。
至于三十年战争的情状，
浪漫的歌德和巴赫们
不朽的华章，还有穿行在
黑森林和幽暗城堡的奇迹的
每一次的现身与转世，
原来都仰赖她
柔厚而静穆的气质，
发散着拟像神圣德意志
清素而真淑的丰仪。

我不能在柏林说

古巴比伦，

幼发拉底河畔神的城，

你忧伤的目光

发散成坦直的大道，

似要代苏美尔和亚述兄弟

行过西亚细亚，正朝向

自然与丰收女神伊什塔尔的门。

很快有狮与牛

及一切兽的吼声

汇集成浩荡琉璃的仪仗，

来攀佩加蒙

更精致而繁富的祭坛。

有环绕着美索不达米亚的

靛蓝的市声

透过阿勒颇房间的窗户，

撞向波斯地毯上的那些金银陶罐，

和由藤蔓缠绕着的

倭马亚王朝残存的宫墙。

然后，古罗马米勒特斯集市的大门

被推开来了，

一群满地找眼睛的人

等来了以后无穷的世纪，

和满屋子的惊呼声。

但还是相信

能够问一下吗，
不断回旋上升的
是谁的灵魂？
薄明时分虚空的穹隆，
粗糙的条石与飞肋的棱线，
勾留住的又是谁的愁？
这时，有一声叹息落下了，
用蔷薇装饰它的花窗。
它的门逐层内缩，
每个浅而窄的台阶上都有神
将自己小心地摆放，
似诱人去猜
自己脸上的表情

有几分
是乐意拯救的诚心。
但你仍要相信，
它隔在异世的福音
所赐予的使徒保罗的希望，
是唯有努力向前，
才能飞升天堂。
然后你也下来了，
与霍亨索伦王室的每一位亡灵
打招呼，你熟悉的是
腓特烈三世与选帝侯西塞罗，
但不明白普鲁士美慧的索菲王后，
神怎么可以这么轻易地
就任由她香消玉殒？
无情而有情的
是管风琴复杂的吟唱。
因为倾听，
你终于渡过黑水河，
看到了图奥内拉的天鹅

和天使托举的幸福。

借着彼岸灯台与猎户星闪耀，

你发现漆黑的四周，

有一片圣歌落下，

其中有一些分给了祈求，

更多的归于绝望

……

皇宫里的珍宝

这块土地有天使来过，
连空气都往外浸透着微笑，
连安徒生也愿意留下
为路德维希想象他
神秘无比的城堡。
然而腓特烈赋予的疆土
与神圣家族的荣耀，
双鹰的纹章，终究让它把
波希米亚的皇冠
带到了自己的头上。
让它踌躇满志的
还有冠冕上
那些晶莹剔透的珍宝。

譬如那个中世纪的十字架，
居然能闪烁
新古典主义的光芒。
但它忽略了隔绝纤尘的琉璃，
是七百年铄愁成水的忧戚。
无花无叶的绛树，
有亿万年珊瑚死灭的哀伤。
这样就惊动了
维特尔斯巴赫王朝的先人，
总看到象牙上耶稣的血在流淌。
他们挣扎着
脱出圣母教堂的地窖，
在莫扎特《依多美尼欧》的歌声中
巡视一百三十个房间，
给鸟也不许经过的院落
一一加上咒语，
挨次盛满月光。

他的名字叫

这块土地遍植菘蓝，
大航海前，
囤积商路财富的华屋桁架上
横行的商人的骄矜，
与格拉河的颜色，
都深深地为它浸染
——它的名字叫埃尔福特。
但它并非完全自主，
它的脸上
有揭不去的罪的标签。
胡椒、糖和番红花
都不如它更需要
掏钱向所谓的主购买。

直到一个后生
被父亲送来此地的大学，
和奥古斯丁修道院
六年的隐修。
直到一场论辩
虽决定了双方的输赢，
仍须他躲入瓦尔特城堡，
在伯爵夫人的隔壁
自带光环并闪耀，
从而使《圣经》有了这片土地上
最通行的发音。
直到无穷个世纪以后，
信仰取决于自由意志的选择，
而无须假忏悔与善功
本身也成了信仰，
并将永远如此
——他的名字叫马丁·路德。

爱森纳赫的印记

你挨次敲响每个教堂的钟，

又拉下厚重的夜的帷，

钻进我黑甜的国。

你发现，我原有与我头发一样

茁盛的雄辩

和皮肤一般光洁的思想，

我永不屈服的灵魂

正朗笑着攀我笔直的鼻梁，

和我的眼睛，

一只热烈地相思，

一只隐藏着希望

居然比惊蛰天还能生长。

你只是不能确认

被叫醒后的我
是不是永远能够葆有这些，
所以让唱诗班重新列队，
又唤回
已委屈了几百年的巴赫，
指着刚译出的
一段经文，并告诉路德：
神的事情原是这样
显明在人心里。
所以当我一朝醒来，
纷纷落在枕边的
是天上的祝福
和它鲁特琴全部的
激越与悠扬。

他最早是……

流星，不是永光的天体，
死后难免被人忘记。
在这之前，
他甚至名不出教堂的户限。
在被上帝夺走了光明后，
贫病交逼地带二十个孩子
一直苦求生计。
但再之前的一切真是神奇。
他是十二平均律的样板
和复调音乐的极致，
是 B 小调弥撒
和 G 弦上的最致命的呼吸，
是人需要安静时适时而来的慰藉

和无法言说的微吟，

是早亡的父亲最深挚的希望，

和这个华丽家族三百年间

数十位乐者中

最不可思议的奇迹。

还能说再再之前吗？

那么，他是诞育音乐的土壤，

是中世纪行走在

爱森纳赫的游吟诗人

和他们心中永远的竖琴。

最最重要的是，

他像极深广的海，

他不是小溪。

啊，莱比锡

敢跟上帝打赌的
是梅菲斯特，
敢跟梅菲斯特订约
并自称放得下政治的
是浮士德。
但他们终究有的困惑
是知识与事业，
究竟哪个能交托给浮云？
这样思忖着，
有枭鹰衔夜的魅从西天降下，
趁着尚有生命，他去会
特洛伊的海伦，
并脱口而出那句要命的赞叹。

没错，你是拥有意念中的真美，
有理由希望它
能单独为你停留，
但你再无法
亲历巴拉门琼台的风景，
和莱普齐酒店学生忘情的狂欢。
为它的酣畅犹胜于酒，
有一切新闻都无法容纳的庄严。
更别说再过了很久，
他们站上了斯塔西的台阶，
冲撞每一道带有耳朵的墙。
你纵然博学，已不能识此邪恶，
更无缘叩问尼古拉教堂的
每一根棕榈柱
和每一块
沉闷得想要蹦起的地砖。
——这就是莱比锡，
巴赫与瓦格纳不及唱颂的历史
感染了魏玛来的歌德，

所写成的绝世杰作，

是所有灵魂

最好的传记。

寻找门德尔松

经过这样的革命，
你还能相信那些机器
能推动城市？
疑虑中，
是魏塞埃尔斯特河
坚持冲刷
皮草行的腥膻，
所洗发出的莱比锡的静
和性感的小巴黎，
才是最值得人倾羡的
去工业化的优雅。
这样再拉浮士德走金匠街，
就着杜松子酱汁

享大份的菊苣核桃色拉，
你惊讶自己
为何总能踩准每条街的音符，
并呼吸也有
莫名清高的节奏；
你看到教堂每一面的花窗都不是
圣父、圣子与圣灵，
并街头马林巴琴的声音
也不同于仲夏的伤感，
终得以确认
没有什么能够是他，
或够得到他。
巴赫之外无上帝，
复活巴赫的也只是他。
然后他眼睑外
似有温暖的曙色开启，
精灵隐身于
阒然无声的他的琴键，
每一个

都安静而固执地等
一座城的醒来，
包括所有匆忙的人
和他们
并不自觉的礼敬。

唐突

不想提起
曾错占的那个包厢，
让一对懂得音乐的耳朵
就此与巴赫失之交臂。
窘迫，惶急，然后逃离，
匆忙中又踩翻了文森特的画架，
错失了飘过眼前的那朵
米罗粉裙上的云。

最怕忆及
春光里，一个愚蠢的问题
让一个淑女顿时退尽天使般的笑，
三十年后仍幽幽地抱怨

为什么是你，

在没有童话的现世里，

居然仍想不到调用

故事里的月亮与星星。

然后他们来到夏洛滕堡，

以优雅的容忍，

静候十方精灵的隐退

和雨中上帝的纶音：

且关闭一切只开放自己，

你们眼见的景致固然美丽，

但错过了自己

才最可惜。

魏玛　魏玛

有晴和的天空下，
埃特斯山簇拥的无边田畴，
精致过朱诺神的提尔福特夏宫，
每次都恰好地抵挡了
远方肆虐的风。

在清皎的月光下，
阿尔姆河洗刷着中世纪城的面孔，
小萨克镇的觥筹交错
滋养出的维兰笔下的莎翁，
是否能预知赫尔德狂飙突进的冲动。

那高贵的单纯，

在李斯特琴键上跳进。
悄然归去的尼采，
是对宁静的伟大最深切的礼颂。
但如果没有他们，
智者的斗篷鼓满了自由的风，
一切的有也就统统没有。

没有人能体恤过早陨落的巨星，
没有人能接受终生逐爱的老头，
没有人能明白
什么是真正德意志的雅典，
什么是我少年时代
一步一回头的绝对的
追随与盲从。

呵，魏玛，魏玛，
其实你就是歌德！
其实你就是席勒！

美好年代

那些口横海市的人
其实只是说到自己的过往
才暂时忘记了结巴。
巴登巴登不这样，
因为有普鲁士的威廉为它粉饰，
沙皇亚历山大够积极地替它说项，
而维多利亚女皇没能带去的风情，
德拉克罗瓦用自己的调色板
都一一加倍地补偿了它。
但它仍然有可夸耀的旧年景，
是浸泡过大半个欧洲的
罗马皇帝的浴室，
还有法国人烧不尽的休闲宫

和滚向里希腾塔尔大街的轮盘赌，
至今仍留有陀翁输光后的惨状
以及再见到赌资后忘情而恣滥的狂欢。
然后为凌跨肃冬中的巴黎，
它让奥斯河谷盛满一季势利的清凉。
它差点错过了为情所困的勃拉姆斯，
却依然能让整个欧洲
奉它为沙龙音乐的中心，
将它在自己的心里
暗暗地供养。
直到这样一个黄昏的到来，
它才勉强打起精神
准备支应路过的俾斯麦，
冷不防，
结巴重新摸上了它的喉管：
要知道，这已不是史家所称的
美好年代，
那种人人有稳定的工作

个个富有干净的理想，
早已是老欧洲
杳不可及的梦想。

只因多看了一眼

所以你看得到
这条著名大街上的两尊雕像
只能朝向各自看顾的方向。
这栋小楼的窄床边，
只能孤独地留下
一个空空如也的相架。

如果时光能倒流到
她脱下戒指的那一刹那，
一双纤手征服了整个维也纳，
也同时掐灭了他留在琴键上的
全部残存的幻想。
他让《C 小调》穿上少年维特的

黄背心，黯淡了的眼神
转过了将要逃去的
托伊托堡森林中唯一的
一道光亮。
包括他织体厚实的音乐，
和午后明灭于烛台上的
异乎寻常的灵感，
要人不想到克拉根福那片
他常流连的
静谧草地上的倦阳，
实在太难。

如果，时光继续倒流到
尚未蓄起长须的他
清澈的眼神，似牵惹得出
上千条中世纪浪漫传奇的线索；
光洁如锦缎的皮肤，
能不费力就点燃雅爱骑士的
百万丈忧郁。

天使的垂顾，叫他用爱充满自己，
他就用此名义唤她
难猜的心，
不能用书信甚至日记表达的，
全化入了谜一样的音符。

这样就回到了
彼此初看到的第一眼，
一个汉堡来的少年
几乎是受了上帝特别的差遣。
他有钻石般纯真的天性，
祈求上帝允许他爱她如狂，
并不曾有哪怕一丁点的可耻的算计。
他是他母亲最钟爱的孩子，
还大有希望成为她最亲近的知音。
但母亲为孩子常能牺牲自己，
而他与她除了放不下音乐，
都还体察到
其实最不易做到的
是彻底放下自己。

此生不可逃过的荒败与落寞

再没有哪个地方
会将他这样的冷落。
因为对苦难有真的敏感
和对自由的渴望，
他撕开的人的假面
配以不常见的神奇的复调，
不知让多少人不能直视
自己的灵魂，又不知弥合了多少
孤狼与游魂的创伤。
但巴登巴登显然不认可
病态的自毁能够拯救绝望，
更何况它还质疑理性，
以致让新娘失去了婚戒，

让赌徒唐突与僭越了
诗神高上的殿堂。
结果苦了痴迷的后来者，
既疼惜他输在休闲宫的尊严，
却怎么也找不到
那张能让他才思喷涌的书桌。
直到冷不丁撞见了
一个人，瘦，
而且赤着双足，
一身都在风里，
独对着死一样的寂静，
和鸟都不飞过的
空旷
……

我本来已经得救

面对将要到来的受浸，
他涨红着脸，
奋力啼号在四周缄默的神像前。
他蓝色的眼睛
照头上的玻璃穹顶，
与施洗者胡须上的烛光一样
一刻都不消停地等
颂祷声起，
和有人替他默颂福音。
他只得收住哭闹，
眼里似自带着信德的考较
逼视每个观礼者的初心。
他们应该都听到过罗斯元年

第聂伯河畔那个希腊牧师的布道，
那人性复苏的意味
为什么还是让许多人
明明耽溺于肉身，
仍奢望于天堂别样的风景？
这样想着，
他重新开始啼哭，
想从这样的世界中分别出自己。
他感到因为受洗，
自己是有了罪与死的初体验，
但自己被收容的生命
是否算有了信仰的根基，
实在是一个
太难回答的问题。
很快过尽了骚动的七月，
很快他也做了父亲。
他臂弯中也有了一双眼睛
闪亮着，看向穹顶。
这使他不敢欣喜，
只有悲悯。

橱窗里的班贝格

圣徒皇帝海因利希
是神圣罗马帝国的前世。
他对土地的设想
闪耀在每个教堂的尖顶。
世界的首都，
所有权力的中心，
地中海七丘城的回忆，
居然模糊了
雷格尼茨河的流径。
感觉模糊的还有
三十年战争中倒霉的瑞典人，
和七年战争中普鲁士
雄狮般的野心。

然后拿破仑来了，

他马背上的英姿，

是黑格尔眼中世界精神的巡礼。

但黑格尔从未被它铭记，

包括奥芬巴赫的主人，

天才诗人霍夫曼最浪漫的歌吟，

统统消失在黄昏幽暗的天际。

昏昧的世情，

最是两千多幢古建筑

都浸泡在啤酒中

年复一年地发酵，

法兰克尼亚过气的香味

透过每一个橱窗，

让口红涂画着圣像，

让女郎跪拜圣婴，

让这座教堂城市中每个人

都怀揣不可承受的

生命中的轻，

浮在云端，

不沉思，

只轻信。

献给福格尔魏德的牧歌

如果赶上美因河缤纷的五月，
舞蹈节上的鲁特琴开始不停地敲响，
看弥漫弗兰肯葡萄酒香的农庄的此刻，
哪里找得到孤枕独眠的姑娘。

椴树是日耳曼人心中的费里娅，
幸运与爱情在它的庇荫下疯狂地生长，
少年很快找到了自己的意中人，
与她挽臂共赴树荫下的梦乡。

就这样在原野茂密的椴树下，
草地被揉压得掉色而花开得更美且零乱，
树枝上有夜莺交颈试啼它们的新声，

向风打听究竟是谁颠倒了她的衣衫。

像这样多情而入人心深的歌诗，
哪里是读腐了书的笨蛋们的理想，
可惜他们只知维吉尔与奥维德的风雅，
白白错过了这具八百年前的石棺。

绝望的贝希特斯加登

当我第一次确认
自己已经衰老，
我有你想象不到的快乐。
正如你不可能知道
我之所以痛苦，
是因为你常按捺不住兴奋，
为所有看到的
瓦茨曼山的风光。

柯尼希斯湖的粼粼波光，
让舒凫都放弃了入定般的慵懒。
在鼓动起两翼中夜的商籁后，
它一一检视

舍瑙的每一丝雨，
然后依停蓄在嘴角的欢呼，
轻松地确定了
诸神唱颂的节奏。

还有什么办法呢？
就只能收桨上岸，憔悴在
从安格尔到劳芬的每一处村庄。
我没想去打扰
任何一个尖塔上的神祇，
但隔着浓稠的山松与绿桤木，
它们广大的声音
仍让我片刻不得安宁。

回到那个平常的早晨，
到底是什么让我突然起意
想去揭生命中的伪饰，
和所有不时冒出的
生活中的庸滥？

我固然有自己心许的秘境，

但那种彻骨的澄静，仅在此地

叫我忽然看不分明。

四、行吟在湖畔

恩养他眼睛的风景

愿他从此能分辨
每一缕轻烟，
如何借远处平陂的风，
假充起陌上淡淡的微霭，
只一瞬间，就能度
科茨沃尔德温暖的蜜色，
到每户人家的窗前。

阳光下的蔷薇
分香于雨中微启的水仙。
隔着塞文河谷
芳心纠结的万千藤蔓，
怎么就没留住科恩河的水，

任由它受鳟鱼的戏弄，
无奈地行尽青芜，
在悄寂的暖沙上回旋。

再看近处每一株垂柳
正努力地拂乱
扁柏和榉树的浓荫，
更交替遮蔽了长椅上
负暄老者的头，
向脚下挥之不去的斑鸠垂下，
就几只，怎么就暗示了
其日渐泛红的鼻子，
正与香而烈的麦芽酒有缘。

呵，恬静的乡村，
才得以亲近的
英格兰广袤的丘原，
你背巷中流淌的中古岁月
轻易就成就了他

想看又不敢多看的伊甸园。
都说美要让人喘息，
所以他自觉闭上了双眼。
他暗中挣开每一个毛孔，
为他少年新鲜的初体验。

从未属于过你的温德米尔湖

你需要迈开腿，
换一副属灵的眼睛，
才能渡越坎伯里山脉，
让自己的狂喜
贴着大朗戴尔峡谷飞翔，
再折返，喘息，
以便能仿效那些自在的羊，
轻轻地落在丛生着
芜菁与苜蓿的
田畴。

然而转出山谷的湍流
飞快地冲过桥屋，

才汇合了断崖下的瀑布，
就不再听你的央恳，
并不在意你急着想为耳朵
换一层膜，
以便能听清每一颗沙粒中的
宇宙，是否还留有
诗人略显憔悴的
歌喉。

终于，靠黄水仙的指引，
你看到了这些优雅地
吸揽阳光的湖，如三色堇，
正大度地任每一朵镶边的云
投在自己的波心。
有时它们还温柔地升腾自己，
以便复活被晒褪了原色的万物，
且没觉得这是在代神付出，
而纯然是一种
享受。

只可惜你已不敢要求它
为你滋润干涸的唇，
去说出正困惑着你的
眼耳鼻舌身的焦虑。
你任欲望在心里伸展带刺的枝条，
不同于授粉后的花能等待，
以便能理解它对高地上雪的守候，
是正照见你这样自毁生命，
早过了能投身于它的
时候。

我坚决地相信每一朵花

——致朴素生活与高尚思考中的华兹华斯

我坚决地相信每一朵花，
都能在斯科费尔山峰下
尽情地舒展，开放。
在被湖水沾湿了的阳光下，
和丛生的竺葵一起
沿干草车碾出的辙迹，
朝向每一条藤蔓去到的方向。
然后再告诉风小声些，
说它们每次从骨朵撑开的声音，
其实都值得安静地倾听。

我不止一次地央告，

以我垂死的生命，
所有的花都请放慢开的节奏，
以便在布谷鸟与画眉的叫声中，
让一种浩荡的慈悲
启众生，葬万物，
让匆忙无主的人们
能像最了解自己的昆虫，
谦虚地听土地的教诲
和大自然温暖的声音。

我是温德米尔的孩子，
阿尔斯沃特湖上
最柔和的一抹靛蓝；
是赫尔维林山下佝偻的老朽，
和斯托克吉尔瀑布
每一次飞溅出的精灵。
然而，我终究不能像罗瑟河一样
归入它的怀抱。
只好先让我的朵拉，

安葬在圣奥斯瓦尔德教堂底下。

湍濑的源头，山岚的归踪，
草之光鲜与花的芳香，
紫杉和黄水仙的提示是
此地系上帝遗落在下界的天堂。
然而因缺少它那样的干净，
我至今仍孤独地飘浮在天上。
我能问我的后人吗，
到底谁是它遗落在人间的天使，
谁又会在意
那天使吟哦的声音？

每片云都记得你诗中的多萝西

看到花瓣上的露珠，
她终于收住
流自科克茅斯的眼泪，
有心思去关切
蝶翅上被风碰落的那层薄粉，
提醒自己再怎么爱美，
也不该去掩夺大自然本有的
不可方物的盛妆。

看早餐的龙葵与半枝莲
接黎明时的蛇床花
悄悄地开放。
很快，里代尔湖上的光

就照到午后的万寿菊和紫茉莉，
让她有耐心分辨
毛地黄比蓝铃更知道害羞，
它们的垂眉敛目
意味着有敏锐的忧惧，
是时刻牵挂着同伴
绽开的细节，
到底让焦虑中的威廉
看到了榉树上嫩芽的快乐，
和落日中每一朵鲜花
对所吸到的空气的
喜欢和希望。

至此，她终于可以忘记
多塞特郡的漂泊岁月
和汤安德鸽舍中的甜蜜时光。
她欣慰于窗外黑刺李的颤抖，
终于放下了手中的日志，

让那些花接过她手中的笔，
以自己觉得舒服的姿态
温顺地朝向她开放。

剑桥的老派风景

用这段生命中全部的随意,
来亲近晴燠下如茵似毡的草地,
来看周遭的敷蕊葳蕤,
和泠泠而来的风的剑河
如闪动的眼,
就此明灭的最婉曲曼妙的
它翠虚下的光影。

可惜你虽那么熟悉它,
仍不能触及寄存于这里的
她的愿望,如流水不断,
注定要让荇草牵绊住你易感的长篙,
就像兰舟静待春棹开冻,

哪里能马上就渡你抵近她
业已微澜的芳心。

直到你再度投入她的波心，
不再羡迁莺压烟树入林，
和野凫的应时蜕羽，如何就啄食了
阳光下出水的轻鲦。
登岸，是要你站上它并不浪漫的桥，
你感到桥下有风仍撩乱着花信，
而桥上正可看浩荡的行云。

这让你顿生由衷的感激，
不再怕被人误会成春行秋令。
你学会了约束少年的轻狂，
像学院里老派的绅士，
开始能用沉静的心酿时花的蜜，
真就有了能力，在这里
安顿了你的万斛深情。

你是这样流播你的令名

所有热闹退尽后的
红唇雏菊的摇曳，
和罂粟与紫罗兰的鹄候，
都只为看向你，
并回应你
被断去了四根弦的
里拉琴的低吟。

它热衷传唱你的颂诗，
是忠实地代你想象
重回《埃涅阿斯纪》的光景，
然后让敏锐的感官
过滤太过短暂的尘梦，最后拿来

与《恩底弥翁》质抵的
是所有最浪漫销魂的光阴。

但你脱胎于仙后的气质
太耀眼，才催开芬妮的爱
就过尽了一生，
像极了圣艾格尼丝夜的闹，
才刚垂下，就封闭了
四季的光，让她的芳心曲曲，
从此不知该交付给谁家的夜莺。

看远处仙灵的羽翅，
正隐没于光影明灭的幽林，
山峦起伏的每一个侵早，
是日与月的神的游戏，
怎么就让你爱上了死的静谧，
而全不顾眼见的庭院，
远不到果实熟落的时令。

实在等不到了吗，
能透过你肺的暖阳，
和足以比肩弥尔顿与丁尼生的
雪莱一样的哀悼？所幸
你从此可极视一切不见之物，
正如你写于水上令名所奏出的无闻之声
是这样一直为后人倾听。

去你的，这是我卢西安·弗洛伊德的生活

在他日复一日的凝视下，
你不得不卸下所有矜持的伪装，
勉强保留着嘴边那丝
无法掩饰的笑。
你早已失形的身材
划满了脂肪暴走的线条，
再搭配上空洞的眼神，
有欲望都不愿停留的
无所依归的空茫。
休再提鲁本斯的佛兰德斯美人
和安格尔笔下的婷婷娇娇。
你总被要求袒露着私处躺下，

是因为原无别的优雅
可使他避免用如此粗鲁的笔触，
刷出你失了魂的迷乱。
你敢说你不是堕落的存在，
尽管他似乎更加滥情和骄狂；
你根本就枉生着一对
真实的翅膀，
就别怪他让沉重的肉身
拖累你，
直到取消你
望向天空的
舞蹈。

在克利福德塔上

这片土地的惊奇
缘于无声流淌的奥斯河，
居然泛滥的全是
罗马人绝望而垂死的眼神。
它映闪粼粼波光
一遍遍冲刷撒克逊人的勋绩，
是其私心最不能忍受的
北方恶魔的劫掠，
犹胜于维京海盗的凶悍。

然而它坚固的城墙，
仍摧折于远天凌厉的寒霜。
吹落了城头上变幻的大纛，

是每处雉堞上的尊严
都化成的红白玫瑰，
仅仅做了
都铎快意复仇的看客，
怎么弄得清查理王的失败
和克伦威尔的胜利
所隐含的新时代的意涵。

就让米奇门昏暗的灯光
投射到大教堂灰色的花窗，
纷纷倒地的它的遗垣
和君士坦提乌斯不寐的永夜，
该如何思量自己打造的地基
是否托得起后世隆盛的霸业。
无奈如水的月华
和奥斯河滥情的分惠，
被无情冲荡的它浓稠的哀感
和无人理会的它的憔悴，
最后全付与了健忘者的好梦正酣。

比我更像我自己的是你

——行走在仅属于艾米莉的荒原

比我更像我自己的是你
鼓荡着从北约克郡吹来的风，
才听任它在沼泽稍事停留，
就阻断了由奔宁山脉滑落的
那点点寡淡无味的阳光。

留下单调的苦寒，
是陨落天庭后你最忧戚的表达。
你看它叫醒睡在墓地的伤寒，不清楚
其实已预示没哪一种绝望的呼唤，
能隔开霍乱恣意的骚扰。

但你终究是暴风雨的附体，
随时等待爆发的滚烫地火的精灵。
你紫色石楠花招摇出的浪漫
故意诱人错认自己的脾性，
是只有我知道的不同于世人的贞刚。

与簇生的蕨叶一起抚过你
每一寸清绮无比的贞刚。我意想中
抱紧着的像刺猬一样相互伤害的爱情，
因此只有你才知道不是疯狂，
原本就该在我平窄的胸中激荡。

所以我只想要抵死缠绵，
别把我留在没有你的地方。
我视别处阴郁的土地如缧绁缠缚的囚牢，
更期待头上有你，即使再暴烈，
仍为我召唤出一天的星光。

这就与你诀别，为这个有你的世界

和注定了我相对于它的早逝。

我曾无数次赶着去听你瀑布的召唤，

这次终于坐定在这座被后人唤作

勃朗特的石桥。

沃特豪斯的致命女人

你蓝和紫的衣衫
所映衬的红和粉的肌肤，
如羊脂，流溢着
只中世纪才有的幽情薄媚，
是衣袂飘举中隐匿的俗世的
戏剧性高潮，居然
不反映一丁点现世经验，
就凭滑不溜手的大理石般的光洁，
轻松夺走了一切
神话与历史的秘密。

但真的很遗憾，
你仍被认定为荡妇与妖婆，

或常用姿色与谎言
滥行胁迫的蛇蝎美人，
有海上塞壬失控的魔性，
兼奥菲利娅沉入水底的疯，
是一想起垂死的水手，
就搅乱了刻蚀在心底的波澜
永难平复，背后实暗藏
对有的人最最入骨的羡慕。

是的，你也渴望被劫掠，
被强大到让自己窒息的爱带走。
但能最终找回丢失的过往，
并与之同升神界的
也只有幸运的普赛克
打开了金盒，居然仍能右手抚胸，
以人都认可的忠贞的模样，
让许多玫瑰装点婚礼，
重新投入爱神的怀抱的，正是你
心底最真切的向往。

只是现在，你被摁倒或平躺在
从泰德马到罗塞蒂那里习得的
过分经典的构图中，
又被太多地寄予了须恢复古罗马
考古般真实的希望。
你已丢失了地中海部分的阳光
和它独具的声与色，够精致，
是俗世所能奢望的全部的生的喜乐，
因为有荷马与丁尼生，
真侥幸，仍焕发着神圣诗性的光辉。

但沃特豪斯问过你吗，包括
拉斐尔前派中每一位自信的宗匠，
不过沉溺于被虐的妄想
和由此支撑起的可怜的优越感，
怎么就可以偏将自己不能公开的绮思，
投射为你终将获得的解放？
他们有限而单调的想象力

本不足以传达你早经验到的痛苦，
其实那儿才有女神，才是你真正的
歇斯底里的崩溃。

尽大地皆是你的豪阔我的惊喜

大河行经的这片土地，
有丘垄之骨与冈阜之支
在月光下撑开芳甸的孔窍，
恣意地对天唱着
优雅浪漫的歌。
它对每挂瀑布的暗示是，
这里的每一块岩石
都值得抚慰，
一如神的旨意
是要人瞩望脚下的湖泽，
每一处都能代自己呼吸。
自由，调畅，如远方浩荡的云
滚过连绵的川原，无尽，

从不停歇亲吻自己

一万年都不曾荒废的记忆，

真够神秘。

所以，你根本不介意我

因看多了卷轴上的园林

而自惭形秽的表现力。

你从不吝啬

自己天造就的大美，

是我从未想到的

尽大地皆豪阔的风景，

不是荒凉，

是真的美丽。

风笛的哀唱如他的心跳

谁要你压低每一朵云，
将自己投入罗曼湖
和无限度抵近库林丘陵的
每块嶙峋的裸岩，
将一种无法掩饰的灼热
全部注入赫布里底，
这个人所不知的
荒芜之岛？

谁信你遥远的过去，
基尔特石壁就已飞扬起
迷倒众生的裙摆？
它用盖尔语祝福每一处岬角

和北方海盗凿出的
每一条河道，
原是为炫示斯托尔石的峻峭，
足证你凯尔特人的荣耀。

谁给你完整的自由，
允诺它可以完整过这里
苍苍莽莽的天空？
你坚执一种神圣的信仰，
并不屈服地要从西敏寺夺回
自己的命运之石，
只因不甘心昏睡在英格兰
浮夸而冰冷的怀抱。

谁听你风笛的哀唱，
飘荡在苏格兰肥沃的冈阜？
你瞻顾无数次行过的
这座令对手谨惧的斯特灵桥，
为看到的它耿正的历史

和它贞毅不可侮的荒原与亘野，
似依然可听到每一次的风催雨送
和华莱士顽强的心跳。

清晨的第一首赞美诗

每天，

这里的钟

天没亮就催醒了

草席与粗毛毯裹卷着的修士。

他悠长无尽的晨祷与日课

借玫瑰花窗透过的光，

行过石砌的廊道，

冷，

且乏味，

像提醒他

要记得先知辟出的荒野

和所给予人的向往，

是要他必须永远保持沉默，

以便让每一条视线
仅为能折回内心而投放；
又必须永远保持忍耐，
以便让每一场可能到来的收获
仅能果腹，
然后有可能静心地从事
更有意义的劳作。
他还必须
透过如花的世界，
看到神性经卷中那些
属灵的花草，
以便经由不断的琢磨与誊写，
让一种灵修
真的跳出自己手植的字行，
发出高于世俗的光。
这样他就不再是一个遁世的隐者，
虔诚地信唯禁欲才能让自己得救。
长日更深，
他感到天文、几何

和语法、修辞一样有
出人意料的美好，
它们洗练出淡定的自己，
和功归于它们的品性，
是教他可以挡住墙外的诱惑，
如寒蝉饿得越凶，
居然叫声越高。
所以，他神情开涤，
由里往外
泛溢静谧祥和的光。
直到
一场飓风掀开屋顶，
一具无处安放的躯体
伴一颗无法出走的灵魂，
悄无声息地
徘徊在
这里背阳的旮旯，
有些凄惶地等你在
这个无望的
清宵。

被时间披上的他罗马式的斗篷

因为不信死后的世界，
他被教会视为异端，
甚至身陷家门口的泥淖，
差点得不到贩鱼妇的援手。
然而他从不怀疑自然，
并有着博爱与宽容的雅量。
他平静地接受世人的排斥，
似早预料到
自己这样理解人性和人类
必不能获得俗世正面的回响。
直到卡尔顿山上的夕阳
崩血般地宣示，
能予人以全智全德的思想，

但也只有他体会到
每天踏死叶散步
是可以延展人性出路的
隧道口的光亮。
至于他那些不怎么简单的陈述，
最像他极其简朴的生活，
能替康德一扫
心中教条式的噩梦，是人
未曾料到的
精神凯旋的景象。
可以了，
就此放下每一次的紧张与窘迫，
任目光扫过
每一个黑魆魆的尖塔
和它们沉闷到透不过气来的阴影。
他只将这一切视为
西塞罗和维吉尔的拯救，
一如人常误以为的
因与果的负担。

就此，他以这样的装扮

进入自己设计的古罗马的圆塔。

从此人神安静的这个地方

没有喧嚣，

只成为某个人心中

至圣至洁的祭坛。

当走出爱丁堡这幢房子

一切都变得更加密实了，
且苍拙、浓烈到有点哀切，
包括从威士忌到格子呢，
还有逆风中鲁莽窜入的那一声声风笛。

一切都尽可能地显示自己
挨着神秘，且不仅止于离奇和诡异，
从瘦骨嶙峋的乔治王建筑
到黝黑到发亮的教堂的每一个尖顶，
都纷纷挂上了福尔摩斯的眼睛。

然后，一切的陆地顿时都消失了，
都交由金银岛扮演诱拐，

好逼迫鼓起斗篷的好汉罗依
甘心落败于咖啡馆里的那位女士，
并很快轮到我们，
把所有的膝盖都留在了那里。

但从玛丽金巷游出的那些孤魂
似积攒了十个世纪的幽愤，
它们的表情，写满了不依不饶的孤傲，
像是在说：
你们虽鲁莽地踏入了我的领地，
终究不能识得什么才是
高明的魔法传奇。

凯里之环中的爱尔兰

浩瀚大西洋，
橡树与红豆杉掩映的
野性海岸，为什么
偏是松貂与马鹿
能代风叫醒泥沼上的生灵，
又让阿黛尔用整条梅格河堆出
温柔的笑，
在引人渡越基拉尼湖
那些个漂浮的岛后，
还能蛊惑阿沃卡山上
每一个迷途的
羔羊。
然而这是教皇的采邑，

原有着从土地生长出的
自来的信仰，
所赋予凯尔特人永不言败的倔强
规定它哪怕处身荒芜，
被粗暴与野蛮的污名驱逐的
它高傲的灵魂，依然
能指引它挺过
比饥荒更难耐的歧视，
坦然接受这自由湍流的冲刷。
直到三百年寒暑过尽，
转眼无限的家山，
无尽流淌的每一条大河
如海，兀自冲荡着
坚硬的岩石。
它刻勒出的生路
能引勇敢的心
如脱缰的奔马，
永远向着
更高更远处
飞翔。

五、罗兰之歌

为什么是巴黎

简直
不可想象
法兰克王的城市，
这么冲动
就激起街头的热情，
让国王的头滚落下圣殿，
让他过去的子民不自觉地
在雾月中迎来
又一位跋扈飞扬的皇帝。
然而，卡佩王建立的宫殿，
不仅适合安顿人烂漫的绮想，
尤其那些先贤不朽的思想
一经后来者发挥，

是令左岸咖啡的香色
都忆得起黄昏中流荡的香颂，
和与哲人碰撞出的
《罗兰之歌》的回响。

但是巴黎，
我不信你是这样的城市。
你桥上的风景
和冢中枯骨堆叠出的光阴，
是谁可从容赴约的浪漫飧宴？
你应对沉醉以后
另一个自我的轻愁与薄醉，
又是时尚的谁
和准备迷惑谁的时尚的温柔的陷阱？
我也不信你如花开放的
每一栋建筑，以及
许给获胜者头上的月桂的香味
能长久维持赢者的肾上腺，
一如芭蕾仅以足尖挑逗月光，

就能与斑斓的胶片一起
掀翻印象派浸润着午后阳光的
魔法色盘。

说到底，你敢鼓励并接纳
所有语言的张扬吗，
当一切的语言业已失效？
你敢由着你的本性
贪恋比美人更令人陶醉的迷乱吗，
当一切现世中的迷乱
因你的存在而注定不再有
蛊惑人心的力量？
你敢颓废、放达并浪迹街头，
只在一条狗的目许中
朝天放歌，
并自得其乐地
从心底为自己的生活
设定意义，
然后再撂地出售故事，

说有一个人自由如狗，
有一条狗像人一样安详？

那些能说敢的
都已经到了巴黎。
那些不能说的
注定将要来到这里。

凡尔赛晚宴上的路易十四

换上纯金的单簧管，
吹开凡尔赛宫极尽奢华的排场。
只是在柠檬汁滴上小牛肉前
请不要匆忙宣布
这里是太阳王高歌高宴的狂欢。

但贵族们夸张的欢呼
并不能打开所有人阴郁的烦襟，
更不要说勒芒鸡与鲁昂鸭了，
它们的鲜美，更排展不开伯爵夫人
被龙涎香熏透的愁肠。

也只有让镜廊上数千支烛灯

挨个儿问候她胸前硕大的裸钻。
她设想自称朕即国家的那个人
原本就适合演芭蕾舞剧，
更应该有里戈画上的优雅。

但其实他喜欢红色的高跟鞋，
更在意由它支撑起的皇冠上的城堡。
数十年躺在龙榻上的征战
让他可以善待布瓦洛和拉辛，
却并不把青史放在心上。

终于与所有人一起
走过其曾孙扶持的灵柩。
这个爱过许多女人与臣民的国王
甚至能结好东方中国的皇帝，
却从没想与她一起忧伤。

很快盛宴重新开始，
鹧鸪肉做成的汤和往常一样的地道。

我既恨昔日的珠翠委地，
此刻的烛气熏天当然会催我下泪，
让我止不住地饮泣，惆怅。

天使与魔鬼

最是台伯河的温柔
能抚慰这桥上
无数轮星月的悲凉。
看天使手中的紫袍
没挡住圣朗基努斯的长矛。
维罗尼卡的面纱
揩拭不去加尔瓦略山上，
你残留在十字架下的
一步一个绝望。
但你痛苦的圣容
仍给哈德良以灵感。
一如你眼神悲悯，
果然使米迦勒自信地

还剑入鞘。
神必有显迹，
也必有意向世人显告。
这就是圣天使堡里
格利高里
能捡拾到的好梦，
和身怀六甲的卡特琳娜
纵马跃起所缔造的
屋大维后来的荣光。
晚风轻轻掠过
远处圣保罗的圆顶。
被它呵退的哥特人的进攻
黯淡了教皇的记忆。
仓皇中，
他们没一刻停下
向你的祈祷，
直到以后好几个世纪，
甚至今天畅销的丹·布朗，
仍不过是假借了
你的名号。

寄存在地下的贺拉斯的忠告

圣桑的《死神舞曲》
再次在悄寂的圣巴尔博日传响。
石碑上的荷马、维吉尔
和神父们庄严的弥撒，
六百万具骸骨
支撑起的悠长岁月，
是连同失落已久的
幽魂的唱游，汇成了地界
森严而郁勃的想象。

快结队去看
旧巴黎烈火烹油的街巷，
和拿破仑三世

衣香鬓影的欢场。
也可以再纵情投入
所有的青春正好，
以惬意的享受
去应和这所有日子里
意念的活色生香。

然而，瘟疫很快到来，
只用阴暗的一瞥
就划花了所有人脸上
收拢不住的浮夸。
它的利爪，无情地绞
香榭丽舍每一个蒸腾的午后，
连同它阳台上飘扬的
女孩轻薄的衣衫，
都被撕烂得一件都没剩下。

两个世纪的沉寂，
抑或生活永恒的喧嚣，

让所有的生之恋开出恶的花。
你须得有神明教你敬畏，
赐你以重新看自己的眼光？
你须知那说死与活着人无关的
虽是大哲伊壁鸠鲁，
但这样的判断
终究自信得有些近于谵妄。

不可信的还有维特根斯坦
冷静而理性的宣告，
如果死真的不是生命中的事件，
那我们醉卧在花丛，
还能辨识是由谁颁赐的芬芳？
而那些夤夜冒头的欲望
又不知会引来多少人窥伺，
这其中，有几人称帝，
几人会迹近失性地发疯。

且援一枚骷髅，躺倒在

你已看得见的鲜花簇拥的坟场。
死生既速如昼夜，
有何放不下世间尘劳的羁绊？
然而，这个世界就是多
久忧不死的惛惛寿者，
他们只是跟错了队伍，
哪里欣赏得了
这累累白骨堆叠成的
真正神明的阵仗。

请为我停留

你呼啸着穿过展厅，
差点撞向那群
神情专注的观者，
极度兴奋，不断地在心里
推倒堆了一季的课本，
终于借光滑的地板，
实现了只有在梦的冰面
才做得成的飞翔。

但四周制止的目光
刚要拼凑高冷的蒙德里安，
你已萎然坐倒在
多年都未见长的记性里，

为一下子入住身体的初苏
和说不清楚的叹息，
才用一个不经意的回头
就潦草过尽了少年。

远处，阳光中有一缕
逃出树林，鲁莽地撞到墙上。
似惊醒了画框中的丽达
和她白得发亮的胴体，
真是大自然芬芳的丘原呵，
怎么才扬起沾带清辉的玉臂
就让天鹅的翅膀，
掩夺了她新入画的时样？

在她的上面，
有四季的花正吐蕊商量，
它们做不到枝头抱香，
正气馁，
全没工夫理会自己的下面，

有一个懵懂的少年，

第一次感到了

身体失控的晕眩。

这里是蓬皮杜

该如何平抑

毕加索旺盛的原欲，

进而放入更多可拯救

保罗·克利的阳光。

康定斯基不合常规的舞蹈

正冲撞着蒙德里安们

孤峭到不可更改的线条，

连带着让贾科梅蒂犹带铜声的

行走，被剥夺了活力，

且较从大理石挣脱出的

窈窕淑女

更显得焦虑与瘦小。

至于超现实主义的挑战，
是拒绝一切
看似庄重的情伪，
并质疑其作者真实的节操。
你可以拒绝被人供养，
一如我常常用
巨大而兽性的硬装置，
连同栖居在那几张椅子上的
包豪斯的阴柔，
就将从上帝那里争取到的
所谓理性与秩序
通通任性地抹倒。

这就是此刻，
撤尽古典主义规制的
高技派的主场
和他们最后的疯狂，
既挟带着促狭的快感，
让每根水管和电缆

居然都充满了
虬屈狞厉的力道。

而它更正经的宣示
则是与每个通风口一起，
无情地奚落正流行的
文明的粗鄙，
并坚决地把所有
想看热闹的落伍者
外挂起来，吓蒙，击倒，
再予以无情的嘲笑。

以此，它从来藐视那种
进门时犹豫不决，
和离开时如梦游般的茫然。
尤其对后者，
不仅感到有趣，
甚至还常从心底生出
几分欣慰，但终究
不想与之计较。

萨特的咖啡馆

我有一堆无用的热情，
且不愿做任何改变。
我知道活着比死更孤独，
但仍不愿在
真诚和犬儒两端摆荡。

都说自处终究寂寞，
尤其与真我尚未熟稔。
至于人和人的推心置腹
原是地狱的幻觉，
并不优于稚儿对玩伴的向往。

但我终不肯当着自己的面，

看先于本质的自我衰老。
我穿过无数条灵魂的街巷来到这里，
原不为推杯换盏，是想面对苦难，
这自由必经的煎熬。

所以，当你们抱怨冬天太长，
女人们的唠叨太过乏味。
我把你们在这里的隐忍低回
都易为死寂后的复苏，
来期待较旧时代更为畅快的争吵。

我虽未触摸过马拉的心跳，
但记得先贤破门砸出的火星。
我借这人用烟斗思想，
无知如你们，尽可以拿我
与他们放在一起嘲笑。

看，真新闻的妖魅之火
已经在每个人的舌尖舞蹈。

战火惊扰不了入定的东方双叟
和其闪烁不定的沉思，
兀自在杯盘碰触中跳荡。

还有隔壁花神的同道，
常拉我去普罗科普闲聊。
我最不能解释的是
自己同穴杳冥的伴侣，
居然能受到你们更多的祭悼。

显然，这已非我的时代，
但你们杯中的咖啡再没了味道。
你们脑袋空空依然踌躇满志，
究竟被谁灌了失魂的迷汤
或许鬼能知道。

然而我仍迷恋这里
和所有呼啸而过的时尚。

我勉强认得出退到滩头的第一波潮汐，
但另一波能酝酿出怎样的泡沫
就只有上帝知道。

哪里比尼斯更适合马蒂斯

只有在这里，
我才得以确认
自己不是大自然的奴隶。
我早先从母亲手中接过的画笔
原不是为了摹状外物，
而仅为了表达自己。

只有在这里，
阳光才被染成海的颜色，
并真就离析出些许黯红与亮黄
去穿透浓密的棕榈树，
照亮阳台的锻花栏杆
和将要悬挂上去的纸剪童话。

只有在这里，
美丽海岸才常年盛放一种
与莉耶特一样玲珑的花，
它能落实我从东方寻来的全部灵感，
让我从锡管中挤出她明媚的肉色，
似壳中溜滑出肥腻的蜗牛，
连毕加索都要垂涎三尺。

只有在这里，
我的心是平静的。
尽管很抱歉我惊到了安格尔，
又错用了塔希提岛的风色。
但这又有什么关系呢？
其实我灵魂的舞姿
在你们视我为野兽的时候，
正旋转得出奇潇洒。

埃兹小径上的尼采

必须站上这里
高峻的峭岸，
目光如鹫鹰往下
越过菲拉海峡，
乃至整个地中海
都嫌太近，
才勉强对得起
海图书中它的名字
如何经由教堂花窗的反光，
照见了十字架
真实的寓意，不仅是
腓尼基对伊西斯的礼敬，
它凤栖于骨的盾徽上

写满了死与重生的故事，
使他惊醒，更让他知道要
崇拜查拉图斯特拉，
由隐逸，去争与自己旧有之爱
相脱离的能力。
所以，他要盘桓在这里孤峭的崖岸，
建自己不为人知的
不妥协的人格，他即使冲冒风寒
仍要秉一种高迈的理想，
力竭到虚脱也不松手，不为乖张，
恰恰是想沉潜到海的深处，
引人这条污秽的川流入此，
并有以看淡一切的现象与人生
在面上聒噪。
而整个世界的此刻
只不过是南法蓝色海岸
浮漾的泡沫，
不是浪漫，
全落在了他的脚底下，

教他永远往高处去，
即便在不曾起舞的日子
仍有以渴望借俯视获得视野，
向上帝死后的荒败，
呈献他
伟大到空前的赠礼。

流淌在枕上的卢瓦尔河

高卢人惨痛的记忆，
遭罗马人嫉妒的神眷顾的土地。
晴空下曾经黯淡的历史
该如何庆幸，由你
重新给它打扮，替它梳洗。

啊，美丽的卢瓦尔河，
自由女神串联起的芬芳水系。
你滋乳与涵养的丘原村庄
和平陂上每一处葡萄园，
都隐藏着金雀花王朝的奥秘。

然而高贵骑士的浪漫，

是要疏浚你中世纪的河床，
再让叙利到安茹都茁长鼓励，
说既然爱一个女人，
那许她一座城堡又有什么关系。

所以，每个清爽的早晨，
这里的空气不用刻意就能传达甜蜜。
你浅吟着送最后的夕阳过桥，
那法兰西精魂的蔓草
已自在月光下摇曳。

才醒来的拉伯雷的豪筵
灌醉了大仲马的达达尼昂，
巴尔扎克最属意的幽谷百合，
瞬间就教会希农的乔治·桑用情书
直抵远方肖邦的心底。

啊，浪漫的卢瓦尔河，
有以包容和安慰飘零者的你的仁慈

迟滞了无数王侯的流荡，
但他们每一次的狼狈与薄情，
全不曾进入你的记忆。

你记不住的还有
秦时明月照过的汉朝的关卡
和远方中国的晚来风急，
究竟谁可以充当
那些情深者的精神故里。

所以我想去你那里
做五百座城堡最豪阔的巡礼，
剩下的四千个酒庄
一半任由它伴暮色微醺，
一半全留给青春已逝的自己。

我用人文邀约

——弗朗索瓦一世的证言

不明白，为何昂布瓦斯
能堆积起这么多中世纪的阴郁。
只记得萨沃伊母亲的教诲
是要你从小朗亮开放，
以便能从阿尔卑斯山的另一边
迎回天才的达·芬奇，
和半个世纪前就绽放在那里的
耀眼夺目的思想。

太难得，四周尽是魅惑的情色
和钻进你长鼻腔的
妖娆女人的体香。

你终没有浅薄到以风流自命，
而浑忘能在拉斐尔的画作前迎客，
才是法兰西应有的排场。

恨匆匆，最是园中每一朵花
都性急地练习起凋亡，
它们执拗地关切能以何种名义
与马里尼亚诺一起，
陪伴你垂死中巡游每一座
精金美玉般的城堡。

唯庆幸，那娇柔主义的芬芳
借北方尼德兰的风，
已穿过了枫丹白露的长廊。
璨如云锦的真的艺术
也沛然郁起在塞纳河边上。
不用揣度我归去的心思，
会安息在你们老套的祭奠中。

我驾长风让灵魂飞升，

是要去迎候下一位

更多情而开明的国王。

致蒙巴尔的布封

那个关心城邦与理想国的人
是无所不知的柏拉图，
推尊哲学高于自然志的
是伟大的亚里士多德。
但你更了解和喜欢
每一株花草中具体的自然
和它们各自奇妙的芳香。
至于滋育它们的河谷与山川
更活跃在你《自然史》的每一页，
流淌于你四十年从未中辍的笔端。

晨起薄纱般的山岚，
笼住了每一条飞蜥跳动的尾巴，

负子蟾和海王星茧虫静默着，
似要为绝迹的留尼汪红鸮作法。
然后轻烟栖在晚天的每一棵树上，
猫头鹰眼中的你的视像
是几只狐狸猎食雨中，伴随着
一群海狸在月下筑坝。
而松鼠和马，当然更是你
虚尊上帝最铁的同谋与伙伴。

儿时蓬勃的念想
裹挟我终于来到了你的故乡。
你极富人性的笔触没能让同辈信服，
却让《圣经》划定的时限
随滚落的圣像倒塌。
感叹，尤是你如花的椽笔，
和超越了思想的风格与才华，
因而我此刻的到来，仍可以让
等候在巷口的百千个生灵
再次见识到卢梭跪拜的影响。

我朗照的大地是你的生活

你注意到

被我省去的那些中间色，

其实是从我脸上掉落的暧昧。

我尽可能用短而直的笔触，

是为向你证明，我不屈的精神

一如我戟张的胡须，每一根

都有常人少见的乖张。

我当然也注意到，你眼中

癫狂到分裂的是我的世界。

但老天的旨意，原本就要我去倾听

向日葵开的声音。

它让柏树火舌般的涡旋舔向

怒号的天空，原是要给我
最幽邃深刻的梦想。

我因此摒弃纷红骇绿，
并怀疑没有哪一处绿植
是庇荫诗人的花园。再让乌鸦
而非云雀点亮麦田上的流星，
那垂罩在朗卢桥上的灵光
足慰鸢尾花摇曳的圣雷米，
还有它孑然一身的病榻。

濒死时的回忆，是兰卡散尔咖啡馆
和只有灯火了无星光的巴黎。
我切知这样脆弱的凋谢
会诱惑我以死来求生，这注定了
我是为尚未到来的人作画。
只是不能确定，我固然播撒了火种，
但那隆盛的收获究竟会落在谁家。

尽管你的唱颂

滋育薰衣花田的罗讷河
与米斯特拉尔歌唱的母腹大地，
你向中世纪文明过渡的印记
深深地镌刻在
每一块斑驳砖岩的缝隙。
罗曼时期的古城
与恺撒治下的高卢雄鸡，
所有见存于河上的你的风度
都构成了
蓝色海岸最丰实的家底。
至于你灿烂的外表，
如花般点缀着百重源泉，
能疏瀹一切的

油橄榄、黑松露和百里香，
既足以润饰歌手的喉管，
又能让竞技场上勇士的亢奋
变回剧院里低回的伤感，
尤是其中最大的奇迹。

然而诗人，这还不是
普罗旺斯的全部，
它赋予但丁以灵感，
并跨过了地狱谷的骑士之城，
和紫葡萄酿就的中世纪的抒情诗，
扮亮了亚维农少女的
黝黑肤色，足以代替每一寸
被阳光侵夺了原色的金色草地，
最是让裸体主义者都不可测识的
至为神秘的传奇。
无须口口相传，但求无心相感，
只不过这里的每一种微笑都守得住
催产浪漫的秘密。

因此，深情如你大地之子，

善调用奥克语节奏的伟大歌者，

你吟唱的《卡朗达尔》和《米瑞伊》

虽是对荷马传统的承继，

但再丰富的菲列布里热词库

仍不能传达它妖娆的历史

如何堪称传奇。

这才是普罗旺斯，

让我知有世界就知道有你。

我即将归去的有限生命必与你一样，

将选择流淌着不可语达的

芬芳的花蜜，

作为自己永生灵魂的

驻息之地。

在瓦雷里墓前

在这片平静的房顶上

有白鸽在荡漾。

它们是看到过你此前

不幸的爱情

和精神危机的模样的。

纯粹的知识

赋予你无私的思想，

但梦筑就的幻境提示

是有时无私与纯粹

并不值得人拿一生去过它。

你须得有爱，然后才知什么是虚妄，

须有些复杂，然后才能面对

将要到来的来者不善。

最重要的是，你须能力战不退
至于颓然委地，
才得以放眼广阔的人生，
去领受艺术之神颁赐的酬劳，
并隔着人生之秋的第一声铙钹，
听到那种没有实体感的
诗的语言
在无哀乐的大静中訇然撞响。
这就是你面海的坟茔上，
东方吟唱者在心里跪倒的
真膜拜的声腔，
有的似珠玑般莹净，
更多的不过是碏的涩与滑。
而你的前辈，
从爱伦·坡、波德莱尔到马拉美
所加持的流风回雪的词华，
正微笑着环绕在四周，
有时拍肩抵掌，更多带着默许，
看所有赞美你的形容词
纷纷落下。

克洛·吕斯的达·芬奇

每天

你都会假所画人物

走到有上千个寄室的鸽舍，

然后转回城堡花园前的河，

谛视每一次涡旋的回环

和水声传递的奥秘。

但是

能赋予众生神性的

天上的风景，

是召唤艺术必须超出现世，

这样才可以让飞行器拟议想象，

驮你回前尘韶光里的静谧。

纵然
昂布瓦斯的主人
有着他姐姐一样的盛情，
但他慷慨的承诺，仍不能
凭暗道递送殷勤，
让你忘了创生万物的神迹。

然而
七百个金埃居的年俸，
终究还是让精致的奥布松壁毯
遮蔽了窗外流逝的时光，
包括你所说的与人联床促膝，
只会折损真我的慧觉。

好在
无人不将化为乌有，
很快结束的都是游戏。
你不能同意的只是，
为何安格尔要将自己高蹈的灵魂
硬生生地摁倒在君王的怀里。

六、蓝调多瑙河

这里的多瑙河

难道是因为
进入喀尔巴阡盆地，
多瑙河才换过一副表情，
听任风与云天花乱坠地吹
所经历的来路，
而全无心思去撩拨
雨已听熟的琴弦。

不过它还是能更舒缓，
以旧时的含蓄，
透着谦逊到高傲的尊贵，
非出矜持，是因为太了解
那种勇者开路的荣耀

仅属于乌拉尔山突厥的后裔，
其褐色眼睛中闪过的
默然无语的沉毅，全是忧伤，
有它想说又说不尽的
风刀霜剑中的西迁。
无须人过多期许，
它也从不想顾影自怜。
它流连莫尔吉特岛上的风景，
不意味着会就此
倒在那些风姿绰约的花前，
而仅为接续有心者
忧戚的清泪，成其重情之人
古井初漾的潺湲。
沉醉，是晨曦已经微现，
霞阵正一寸寸地拨开雾的重帘，
照彤云投影大地，
撒一天向晚的碎光吸引它
朝里面吹嘘生气
如自己的上源，

很应该。
但那些过于纷骇的妍美就算了，
为着它们不自知的轻薄，
原本与自己
就没有多少关联。

说到底，你所不懂的
它的遭遇，足可以解释你
说不出的心底的欢愉。
但你才说出口就想追回的
那些遗恨它不负责，
仅叫你看它茕茕孑立的身影
正随风翩然离去。

听风也乐意为你加冕

微风中不停流布的紫色香氛
并不只传结在格德勒宫。
它的触角经被属意的
安德拉西大街和那座白色的桥
引渡，向这里的天空，伸展着，
笼盖这地表上的生灵，
是依稀可传递的草原游牧者的犷放，
因被选中与关注，
全化作了崇拜者的不胜孺慕，
看向波森霍芬飞来的精灵。
等待，为有这样真的同情与爱，
和带明媚的笑，侧骑于马上，
在他人或仅仅是出于权宜，

在你却绝对基于真心，
最乐意洒向匈牙利辽阔的平原，
然后静候它生长出新的生命，
有比谁想象的都要高雅。

且换过云纹束腰的绸裙，
撩开你银丝交缠的头纱。
这里的土地虽然肥沃得流得出乳汁，
仍想看你圣母般姣好的脸，
真是庆幸，
果然配得上匈牙利祖传的皇冠。
就用马尔扎语行礼如仪，
再在庄严的马加什教堂回演
你王后伟大的加冕。
然而巴拉顿湖水再清澈，
还是让不幸黯淡了你的明眸，
和你比黑维兹更腻滑的
肌肤如凝脂，
被一袭黑或珍珠灰遮掩着，

全没了往日的绰约，
并渐渐拉开了与这片
你热爱的土地的距离。

布拉格的鲁道夫

因为神秘到怪异，
又耽溺于美索不达米亚来的
赫耳墨斯主义的占星和炼金，
他先是败给了自己的兄弟，
后受辱于毒舌的史家。
宫殿外的每一个塔尖都只顶礼
查理王的功业，
都默默地一次次送西斜的夕阳，
黯淡了宫内冷峻的高墙。
检点西班牙主教的遗产
和稀见的乌尔菲手稿，他再一次确认
《魔鬼圣经》是佩特任山最贵重的收藏。
然而，伏尔塔瓦河只会无声地流淌，

很快忘记了宝石拼成的马赛克
可赶过丢勒笔下的高光；
业已四处散落的老勃鲁盖尔是因他
才进了尼德兰的画廊。
然而，河畔行走的每个人
都有令人作呕的匆忙，
全不留意来自地府的幽怨，
和他诉诸忒弥斯的悲伤。
只让风留一地败叶，
书记这败乱的心的野望。
说这座城市有多美，
他就有多爱美。
这座城市有多艺术，
它的君主就有多颓废。

雀跃在墓室上的神灵

勇敢地蹚过德拉瓦河，
让罗马人和基督徒
至死都不离开的，
难道是城外坡地上那些
红杏和葡萄树，
居然能拂动
一个半世纪的风，
并最终摘下了卡西姆帕夏
清真寺的新月。

看许多面壁的灵魂
开始对着神圣的上帝祈告。
似乎没有谁会在意

塞切尼广场上的公牛嘴
是否还在吐土耳其浴室的温泉，
为和缓恋人滚烫的誓言
和他们锁不住的激情，并趁着
若尔瑙伊灯光节的喧闹，
重来此地，接受圣者的考验。

最终，还是交由阳光
来确认卡普塔蓝街上的
文艺复兴的传统，
再由安茹王朝以智慧和荣耀
扮天使，在每一畦花前
解释迈切克山南麓的风情，
以印证两千年前渺茫的绍比纳城史
当真小巧精致，
全是神灵的欢喜和雀跃。

地下的波希米亚

沿乌赫利斯山谷展开的你高贵的身份，
和你雍容到只有神圣罗马帝国选侯
才配有的安雅的表情，
居然要等五百年才得以借双拱飞肋
支撑起那些尖顶，
和那些精致的窗户，如玫瑰，
让铭刻于白银之城的人们的感激，
总算可以朝这里汇集和休憩。

唯独巴尔波尔斯卡街上十二门徒的注视，
是哀矜，为着地上强人的贪婪
和十字军骑士的第二次攻击，
到底惊动了左近塞德莱兹地下的枯骨

列队，排叠，有情而无意，

带着并不由衷的冷静与钦佩，

将赞许的目光全投向了闪耀于穹顶的

那些自由民和他们行会的徽记。

消失的维瓦尔山

维斯瓦河畔掠过的每一丝雨
都强烈地否定你的主张。
你说这里草列芬芳，
叫我不愿看一眼宫外的木散清华。
你既然没见过木魅与山鬼，
当然不明白我为什么有
刻骨到可以吓退十万精怪的哀伤。
收拾着星散灵魂的
是往回赶了几百年的弃儿，
正努力着要恢复瓦维尔宫的旧制，
为着实在回不去的那里的
每一刻，都是
风停雨霁的好时光。

但从法国传回的肖邦，一味的忧郁，
如天上空悬的月
能辉映密茨凯维奇宝石般的奇思，
却消除不了毕苏斯基眼中
一闪而过的寒光。
难道仅因为地利四战，
就该让波兰沦为强者角力的战场？
烙在它直陌回阡的每一处心殇，
就该覆没它从高加索得到的荣耀？
我还能信任你，
抑或任何一个邻居吗？
从南下的瑞典人
到北向狼顾的奥匈，
普鲁士的东进，哪里抵得上
卡廷森林中的血腥，
是我长成后居然仍能新添的哀伤。
所以我总是独自咀嚼苦难，
不想与任何人分享，
为了只有这样才能让自己

不至有片刻的遗忘。

但即便如此，上天还有苛责，

它新分派的诅咒甚至

不等我弛缓了绷紧的咬肌

咧嘴微笑，

就没商量地降临到了

我流连不去的

那个主教的座堂。

要你永远做自己

这里所有的河照见的它的面容
全是难以掩饰的关于劫毁的悲伤。
它揩拭脸上的灰尘，用血，
当然意识到这将涂花它的妆容，
和它罕见的优雅
将不得不直面最惨淡的人生，
去接受这样一种安排，
说它本就不该有紧致而丰腴的肌肤
来扮靓自己从来有的尊贵。

然而它的倔强，
是自信北方巴黎的绰约风姿
不会因强蛮的瓜分而夷灭。

它的自尊深入骨髓，
犹如藤蔓钻进城头的每一条裂缝
和身上的每块鳞片，都可以是
盔甲，随血脉的偾张，
居然忍不住想持剑站在这里，
为那逃无可逃的死的砥淬。

直到衣衫凌乱，花冠委地
如渐渐倾圮的王的宫殿。
而朗照宫殿的无数的窗，如眼睛
与天才一起像星辰般转瞬消陨。
它虽不忍听新的挽歌振起于天末，
哀悼刚刚逝去的旧挽歌，
却执意要唤贝尔纳多·贝洛托画中的城市
回来，且要求它必须与过去一样，
甚至比过去更加妩媚。

受伤的爱神

每隔一个小时，
它就会被钟塔上的小号惊醒，
为萨尔马特人的期许
而撑大寻索的眼睛。
他不太清楚有哪种问天的方式
不是空茫，一如哪些风
可被人接引着穿过巴尔巴坎瓮城，
似轻歌般抚触，
让人欢喜在当下，
既无须感念，
此后也不至于转生悲哀。

这是从西里西亚吹来的

贝兹基德的风，

它带来维斯瓦河独有的气息，

荡涤了鞑靼人的入侵。

但那些被强者肢解的隐痛

似伤痕，层层堆积，

一条条缠上他的口鼻，直到窒息了

他雅盖隆王朝勃发的生机，

难对这密茨凯维奇深情的悄吟

和肖邦的《C小调》，

任由其憔悴转徙于孤独的黄昏，

一个个音符哀泣至于出血，

再坠落到无边的梦底。

说好的上帝选民

往何处去求黄金般的自由？

他无力地舔自己的创口，

和自己无数次流血

都洗刷不掉的，究竟是

怎样可怕的诅咒，

才会如此阴森而恶毒地看
这里的每一道城门
和遭毁弃的每一处沟壕，
怎么就只剩下了
圣弗洛瑞安在引逗轻薄的笙歌？
直到来到瓦维尔城堡的主教座堂，
直到他开始明白因为有宿命，
有些悲伤才如影随形，
并将在以后不断地上演。

金色山口列车

它不经意就驶过的每一个地方，
都像有神从阿尔卑斯山投下
灵异的光。
其实是肯定一种对的空气，
舒缓而自在地摇漾出
布里恩茨透明的湖，能一下子洗净
丢失了视力的人们的眼，
提示其或可以用幸存的知，
去感受
艾格峰牧草茁盛的腹地。

像它这样一路酣畅，尤其夭娇蛇行，
如因特拉肯峰脊上的美少女

袅袅婷婷，饱满光亮得又可比
蒙特勒蚌珠般明亮的葡萄，
让人只有紧紧捂住自己已张大的嘴
为可能还在的矜持，
让一种刚开始就已经丢失的
铭山题水的权力，
在跌回凡尘的那一刻，
能够重新拾起。

莱芒湖的真名

看罗讷河轻轻晃动，
送勃朗峰清冷的注视
入日内瓦湖，画出
新月般似荡实贞的眉眼，
有她春女初乳的油亮与甘醇，
好顾怜我颓龄中
堪堪垂死的等候。

因此我总努力着让自己与一切分开，
为它要我去弥合残缺的心，
是最怕见疮痍满目如霜冻了花冠，
每每以生的欢喜
充波澜不起的心的寂灭，

最后还是倒在了由它引起的
难以言说的惶恐。

这样就很怕到湖岸的牧场，
去叫醒它每一块厘然如少女明肌的
葡萄园，都开张地放新雨后
甜的空气润你的肺，
为疏瀹被岁月壅塞的你的呼吸，
去亲见它水深更深处
芳香流溢的出口。

我隔着门递出思想

当人们将我抬入先贤祠

结邻老冤家伏尔泰，

我已知自己从门缝中递出的思想

注定会被他们中许多人忘记。

那些冷峻而高深的哲学，

探究的都是宇宙和世界的奥秘，

但在理性尚未觉醒的人的童年，

乃或依然幼稚与堕落的成人的今天，

还不是经常可见到

许多邪恶在偷袭着残存的正直，

许多灵魂正悄悄地告别肉体。

它们似暗示有太多的恶

需要在现实中被打量与提及。

因此我才体察与人共有的苦难，
在同样被爱与欲占据过后
发出沉重到绝望的最后的叹息。
我自然尴尬自己那些
远称不上是善行的出格之举，
并期待能在将要到来的自然人性中
慢慢地涤尽它们所有的原罪。
但在此之前，我想告诉人的是，
我固然爱那些女人
于她们如花似玉的妙龄，
且根本无须调动思想
就能畅情地与之欢爱在一起，
但私心更期待彼有足够的聪慧，
能真享受与我共处一室的欢喜。
然而万事难从人愿，
我因此深自忏悔。
我这样开诚布公到
让许多人都不敢正视自身，
仅是为更爱的儿童与他们的未来，

还有在孤独的散步中
可以这样平静地任时光流逝，
并心生一如过往的
热望与忧戚。

浮上天鹅的琉森

谁让皮拉图斯山的积雪
投影到罗伊斯河，
又与四州森林和湖上碎银般
闪亮的光纠缠着，
去教唆天鹅们纷纷争抢
一对对被湖水沾湿的眼。

它的悠奕和夭柔
远胜一切，
并能融化每一张脸，
拂拭它所带的有些咸的表情，
说这湖上每道波光的愿望
是要人能够蒙爱，

并终将因它的爱而重光。

所以它看每一行
为情所困的泪，流着因不可解
而攒簇于眉间心头的愁。
它温柔地炫自己贞柔的锦缎
照一切沦落的沮丧，
轻轻地，只因有真疼惜，
故殷勤地替他们一一裹上
浪漫过新人的薄纱。

就请忘掉斯普罗伊尔桥上
死神诡谲的笑，
仅欣赏花儿在卡佩尔廊桥盛开。
或许没有人能让你相信
这里的管风琴
能唱出湖畔巴黎的深情，
须知它不只齐格弗里德一种旋律，
还可以有不同于科西马的
洋洋盈耳的清音。

初雪

再过几天，
我将回到劳特布鲁嫩，
在它的高地山谷中躺下，
去拍肩重会
被午后温根的阳光拉长的
它少女峰的初雪皎洁，
如她的眼之媚，
和能吞吐香氛的
她口鼻的秀净，
似薄明轻绸般的空气
透得过密闭人伤心的重帘，
叫我心甘情愿地领受
比一切焦虑更深切的焦虑，

并不由地念叨起
较一切感伤更为感伤的
她轻而柔的忧愁。
然而它终究仁慈有爱，
在此后的每个晨夕
为我设置了生命重启的时间。
它通关的密语固难破解，
好在托付给山谷的提示
却简单到出乎所有人的意料：
你应该再憔悴无数个寒暑，
心才退得到初识相思的
那一个清夜。
你应能使自己单纯如懵懂的处子，
才记得起她刚看向你的
临去的秋波满是怨，
并才能心安理得地躺倒在
它施陶河瀑布下
这样纯美的月下与花前。

西庸的囚徒

载浮载沉的
是莱芒湖上的鸟，
每一只都表情轻松，
对人没有戒备，
对正游过蹼趾的鱼，
也失去了
本该有的兴趣。

该如何虚掷这些
无聊透顶的光阴呢？
这样的功课
逼它们没兴趣赶着会谁，
也无意理睬谁的约束。

不就是错跟了那阵
拂过侵晓的风嘛，
怎么就成了那些闯入者
趋之若鹜的背景。

它们的感觉，
这些人的大呼小叫
才是自己自在到虚脱的陪衬。
他们兴奋的样子太过滑稽，
像是忘光了压垮他们的烦恼。
其实为早败给了不想要的生活，
和与之无望缠斗中耗尽的心力，
它最想教给他们的是
该有怎样的心境
去择一好地，
如实地为过往哀悼。

或许可以说因为没有翅膀，
想象是他们最不可能再有的能力。

他们头脑僵硬过那些粗蛮的牢头，
才伸出手想去摸诗人的名字，
但同于岩石的冰冷的掌文，
鬼使神差，
每一条都无例外地引他们
岔向了别处，
并就是这样毫无预兆地
错过了石柱上镌刻的真理，
和他们此生
再不可能寻觅到的
梦境中的自由。

看熊出没的泉城

你让阿勒河足够骄傲，
为它东岸的高岗，
有开不败的园中玫瑰
如彤霞，似轻云般
摇曳在伯尔尼的上空。
岗下沿河岸的熊苑，
是憨态可掬的这个城市的
精灵，正洋洋地度
七座婉约的桥，
来会每一根彩柱上的神灵。
臆想着它们能让喷泉
流淌出足供自己贪馋的蜜，
并任由它轰然倒在

节饮女神的座前。

然而，它虽自投罗网，

终究心有不甘。

按理说不应该呵，

为了尚未亲近她的芳泽

就已自烂醉如泥，

又抑或还未来得及

看清她如何兑水入酒，

怎么就不由自主地

才及沾唇，

就已然酣然入睡。

菲安登的雨果

刚穿过阿尔丁森林，
就看到幽暗的菲安登堡里
阳光伯爵那张绝望的脸
欲说还休，但又能如何呢？
再也管不住的
是乌尔河谷广袤的丘原，
和七世纪以来，圣·日米娜葡萄园中
雨点般饱满的念想，
曾装点了这里每一个
张灯帘后的人家，
怎么真就因为他的到来，
至今仍敢在黑夜中
将紧闭的窗，

向所有的过路者畅开。

我既然反对帝制，

自当选择流亡。

我没想在安逸中涵养灵感，

就只能服众暴风雨的召唤。

但我之所以选择卜居在

泽西岛和根西岛，

实存着可随时造访这里的私心。

所以直到今天，

我仍伫候在这里的桥头。

看河水汤汤流过，

等懂的人道破我的期待。

说他的寂寞全因未见

河水的顷刻暴涨，

先倏尔撞碎千堆雪，

然后堵住古桥的每个孔眼，

由它紧张地收缩，再放大，

直至涡旋出强大的上升气流，

将所有贴地掠飞的鸟

引升向

崭绝峭峻的高岗。

所有风景的心境

在阿尔泽特河畔的
欧洲阳台，
看早已散尽了硝烟的
大公国的风景走廊，
和青篁与翠帱交织的
北方直布罗陀峭峻的岩庭，
是怎样的月移竹色
和荒堞上的风递松香，
让人直感叹不断追悔的此生太短，
被雨隔断的河桥上的琴声
又实在太细。

且将自己抛向幽深的峡谷，

去会谷底清冽的回湍与曲濑。
去听它激荡出的薄薄云情
究竟含谁的盈盈波泪，
又欲诉于谁家的相思，
是这样让快晴下的自己
不敢直视少年的鲜衣，
偏难忘记向晚的余年，
和为了排闷送愁
而只能无望沉溺的
无聊的游戏。

人类激情之安顿

在这个漂亮的公园，
他用一座希腊式的神殿
来安顿人类亘古不灭的激情。
那种被死支配的宿命般的
幸福，抑或罪恶，
尤其残酷的战争与屠戮，
连同人所贪恋的锋刃上的狂欢，
都无关于灵而悉归于欲，
居然能够没预料就撞上
可耻而虐意的诱奸，
输给了一种叫解脱的允诺，
向人倾说着可站在阳光下
晒心底积久的恨与悔，

然后看它们交织变态的催迫，
绝决地抛却一切执念，
而行之以神所不乐见的
最最惨烈的自戕，
岂不是更彻底的生之激情的迸发。
当然，这些都不可能
被活得轻而浅的人们接受。
所以他只好在人们的攻讦中
为神殿添上厚重的门墙，
只是他的心里仍信从大自然的力量。
大自然没有绝对的平面与直线，
所以他以后的任何设计
也没有人所看重的绝对的庄严。
他用龙骨撑起每个屋脊，
又让卷曲蔓生的草的叶茎
周至地爬上每一道墙的棱，
然后再由钢与铁赋予弧形的阳台
以比肉体更玲珑的曲线，
从没想过即使如此，

仍会这样地不受后人的待见。

当新艺术运动走过十年，

他们毁掉了其中的绝大部分，

正如他毁掉了自己设计稿的全部。

这样，当你从布鲁塞尔大广场

走过他残存的肢体，

才绝不可能感知他的伟大。

你乃或根本就不知道他，

他的名字

叫维克多·奥塔。

此间能邂逅的微笑

是谁遣草甸上的玫瑰，
与鸥鸟争这些个透明到
魔幻的渡头。
并在天竺葵和铁线莲
开向阳光的又一个早晨，
让枕畔的蔷薇与藤月，
悄悄释放出
类似地中海的清晓，
然后再不动声色地拒绝
它里埃维拉的轻俏。

在这样入骨的轻俏中，
谁又一次醉倒在维特瑙

刚刚醒来的午后。
谁解释由空气编织的香阵
是不是添入了迷迭香，
虽不明来历，其实每一缕
都带着你怨偶的幽泣，
所吹嘘出的了无生气的
倦客的叹息，谁说不是你
终须面对的情伤，
此刻正候你在不眠不休的中宵。

但你注定会被拯救，
在周遭皆是的
它天使般温柔的滋润下，
你全身放轻松，躺倒在
四州柔厚如茵的林地，
才将所有不敢轻易示人的
野放的欲望，封存在
并无人住的小木屋，
终得以在隔绝了鸟叫的

大静里，谛听到母腹大地上
自己十生积下的遗恨
和着轻雷，在呼啸。

然而因为是韦吉斯，
这样的它仍能颁赐你爱，
向你诚意地奉上它
所有耐心的倾听。
它的包容让人不胜孺慕，
直到为你邀来远处
皮拉图斯山庄矜的雪，
来扮靓你注视了许久的
山峦皇后的丰颊与广额，
并为了使你能心安，
琢磨好几世的秋与冬，
挑在这样的暖晴，
让你看天使重绽的微笑。

请这样造就维也纳

自哥特人初来，越过
莱茵河西岸中世纪的每处庭园，
有哪一个相信了它诞育的神圣统治，
居然有七百年的开枝散叶。
从匈牙利开到波希米亚的
每一株花树，曾拂过
阿尔布雷希特朝向冬宫的房间。
以后受它诱引的还有马克西米利安一世
激荡出的勋伯格音乐，
灌醉了中国紫檀堆成的美泉宫，
是一百年以后，
巴黎人心中最尊崇的圣殿。

休再提伟大的玛丽亚·特蕾莎
和约瑟夫懦弱的窄肩。
谁说后者与巴伐利亚的联姻
能维系住神圣皇族的血缘？
不如说人性的自戕是最无可恕的
惨重的罪孽。所以
我不忍见独守桃木客厅与行军床的
只是形单影只的皇帝的苟且，
也不愿提那束被他藏在心口的头发，
何以能用来注释
命定中美人的方死，尤似她
花团锦簇的背面。

这就是哈布斯堡王朝，
它每一顶皇冠上的珠宝
一如它每一柄权杖下的人头，
都只有等月心染上昏黄，
而怕见梨花带雨中才出谷的莺燕。
它无数袭贵胄的华袍

够富丽，织纹平整而有光亮，
但萦回的针脚密密地书写，
全是残败，终撑不起遗落的盛世，
一如它迟暮的脸上
永远有绝望到不忍收回的
幽怨的一瞥。

请向这里的湖学你的生存和修辞

即使没有皇帝的敕令，
圣沃尔夫冈湖的水
都能用贝纳茨基轻歌剧的节奏，
让约瑟芬爱上
多少有点平庸的她的领班。
然而伴所有日子到来的她的伤心，
和所有必须经过帕赫圣坛的
她的遁词，都自以为已
足够有技巧和耐心了，
怎么就弄糟了这里每一个
最适宜于蝶展晒它翅膀的好天气。
包括利奥波德偷听到的
她每一回头必定掉落一地的

纷乱的叹息，
和希德勒私心有点期待的
她甫转身就如影随形的花面上的忧戚
如空气，本可以升腾飞扬起来，
此刻都好像有了重量，
重到能够砸开那样的镜面如水，
更图画出一片阴影，
令夏夫山上年年委地的鲜花
同于阿尔卑斯山的冰川，
任何时候都冻结着
深沉到有些凝重的表情。
不过它仍有教诲，
它的眼透亮到容不下一颗沙子。
它也有体量，但轻盈到
载不动哪怕一丝风，更似小鸟
偎身于大格洛克纳雪山，
不为证明一切冰冷都应期待回暖，
相反正要人相信
唯彻骨的伤恸才最养人和怡心，

是既让人消沉，又要人轻举，
一如唯最轻薄的纱
才绝配于自荐横陈的风骚，
能既诱你进入，很快就将你淹没。
这才是圣沃尔夫冈湖的水，
让人兴奋地掬起它，并剖开它
密合的整体，
才想耽溺其中学自暴自弃，
它已收尽玉声，轻声地娇斥。
在你或觉得这可以征象
一切的覆水难收；
其实那吴刀难断和兰棹都划不开的
无量的柔厚，是要
抚慰你每一种可怜的残念，
并让你有以感觉自己的
一切缺陷与失意
都是晨曦留给鹅背的露，
都能够被它的柔厚
包容。

被打扰的这个世界的睡眠

你总是让身陷困境的人
暂时躺上舒服的皮榻，
自己却隐匿在米黄色的阴影里，
见证文明本意味着压抑；
而悲剧正源于他此刻所想得到的
最心爱的牵挂。

你笑对荣格带着香氛的质疑，
宣布指尖会代紧闭的嘴说话，
每一个毛孔都会努力着学习背叛，
更让人只适合并也乐意
独自徘徊于荒原，
浑不知此身终将伊于胡底。

你同情人不敢直接面对童年，
却总说他们多少有些反常。
你宣布女人既已看到了教堂的钟楼，
就不可能再掩饰自己的渴念，
是掀开了沉睡中的情欲的被子，
从此就成了一切有教养的女人的公敌。

其实男人也一样，
一个个摆不开痴肥而油腻的肉身，
却偏怀有神人才有的梦想。
他们至死不悟唯贪爱才最让人倒霉，
而更倒霉的是就此失去了
提防痛苦的能力。

所以你才想为每一种歇斯底里命名，
想让厄洛斯到桑纳托斯的每一步
都接受你由来已久的检验。
然后隔着特拉布克雪茄放出的烟圈，
一面为自己不能影响上帝感叹，
一面为终于搅乱了地狱欣喜。

我的堕落恰如飞升

为了你日渐沉重的肉身
和那些压垮你的欲望，
你应该充分感受那种轻盈
如空气，
均质而透明地托举你
穿过莎草纸上法老的敕令，
和刻在竹简上的
那些渐渐湮灭的训教，
去戳破史诗和讽喻诗的层隔，
再次自甘堕落于某些
抒情歌谣的蛊惑。

你必须体会到

连通着地脉震荡波的

你的脐带血，

正重新灌满你的周身与思想，

让你再次做回赤子，

自由地行走在人群中，

有安雅的仪态和开涤的神情，

更四体舒展如飞鸟，

只留一些消息于天空，

而全然不顾那种潇洒

其实是俗人眼中的堕落。

这样你任风驱使着

一直往下坠，

底下的景物越清晰，

越令你望向细雪扫过的

远方的山，

确信此生必须带着灵魂

去它山谷的澄湖受洗。

这是你要经历的最隆重的浸礼，

此后你渴望飞的心才等得到

飘举的仙袂，

轻挽你久违童稚的天真。

在蒂罗尔民俗艺术博物馆

你有心约请晚餐，
却空着口袋等待他埋单；
你明知是自己的过错，
却期待他有骑士的大度与雅量；
你自己都不了解
怎么使自己真正感到心安，
却指望他视你如己，
最终替你在教堂上掀起那层薄纱。
还有，你不要精确的再现，
因为它并不必然附带有叙事的特长。
你坚信线条的抽象纯净
和叠态的映象，必能装扮你
人生不可或缺的浮华，

进而坚持，甚至偏执地把这一切
都视作过程中必须的形式。
但其实，缺少了过程的情感
和没有了时间沧桑的浸染，
所谓形式的样子与构成只区别于
它的质料，一丁点都无关思想。
但我不想告诉你
真的形式不仅承载内容，
本身就是内容。
还有，只有具一定内容的形式
才有可能成为另一种形式的内容。
说起来这已经是艺术了，
可惜不是每个人都弄得懂它。

你的心愿一如你的怨念

——皇宫教堂中的马克西米利安

不可想象
仅因为身处遭人觊觎的好地，
贵胄的权杖就能轻松地将皇冠打落，
就能使自己发明的铠甲
立刻风行天下，
但这一切真不是天方夜谭。
最是骖风驷霞连征路，
无穷星空下招摇的骑士的浪漫
与征服者深细的心思，
又让人不可想象
这个好架棺椁周游的皇帝，
是怎样兼有中世纪神人的风范。

他的野心
是要让英俊的儿子为王朝的未来
娶西班牙疯女人为妻，
让因斯布鲁克王宫破败的穹顶
闪耀纯金般的光。
直到这座城市坚决地对他耸起
高而冷峻的门墙，
像是嘲笑他耗尽了
皇后从勃艮第带来的全部嫁妆，
不过是老而折翅的鹰在候腐尸做晚餐，
自然再不值得拱卫，
更别说在心底练习敬畏。
晨早的风中有带铜锈的钟声敲响，
他的坐骑头一次不能确定地询问路面，
和主人早前居然有过的
诗人的生涯：
难道真的要面对阿尔卑斯山谷中
每一滴草头的露水，
和因河上泛起的每一个浮沤了，

包括那些他庇荫过的艺术家
此刻正移向别处，
去领取十足平庸的新主的恩饷？
这样想着，
他将重重心事掖藏进华袍，
任由人将自己放入那具刻镂精致的石棺。
套住它的那层外椁更是华丽，
以后被用来招徕观光，
是他平生中最不乐见的赘饰，
正湮没他必葬于此的素志
是为了可以有再一次体面的出发。
但那些不肖的后来者
哪里能体察包括二十八张铁青的脸
所护持的他的理想。
这个世界，
被最华丽的装饰包裹的
常常有最不可言说的苍凉。
只不过这一次
玉和石都易予人以润泽的触感，

才让他们想到改用铁

来暗示他

彻底的心寒。

埃贡·席勒的神圣之春

在西班牙流感到来之前，

请忍受我有一张几无表情的脸

和它所代表的真的空漠。

我曾用红灰和橙灰

涂抹每一具蜷缩扭曲的肢体，

让深冷和浅暖争抢一小片

平涂的补色，

有让所有人都感到的

不可理解的绝望。

更让人感到不适的是我的线条

永远只勾勒带棱角的胫骨，

由它们拽拉出强而直的骨感的躯干，

似要让每个脱臼的关节都发出
甘愿受虐的微吟。
还有那些兴奋得有点过头的
几何曲线所绞拧出的饱满的神经质，
它们既然能让我兴奋，
就一定会使许多人感到不安。

何况我有那样充沛的原欲，
确实不检点得让所有人抓狂。
但堂上焚我画作的法官
居然忽略了我画中的每一处性感
布满了敏感的出血点，
所暗示的残酷的迫害，难道
是我替人背负的原罪，
怎么就让我难以抑止住冲动，
有虽千万人而独往的勇气？

送别心爱的女人，
我只能独自承受渗入骨髓的悲伤。

看来自地狱的惩罚蹚过
多于我血管的暗河，冰冷又刺激，
以便能多留三天，回首自己
二十八年佻达的生涯，
究竟在什么地方，
有过一张
温软而香艳的眠床。

来自佛兰德斯的致敬

要怎样一种技法，
才能从厚重的调色油中
唤出美惠三女神的纯，
让她们相携着
来拜别画家所心仪的
提香的细腻，
乃或拉斐尔笔下
那透着忧郁的神的
庄静和敏感。
然而他还有激情，
是要将一种运动感赋予
被劫夺的
留西帕斯的女儿们，

以便其为宙斯与丽达之子
所掳掠的至美的躯体，
虽扭曲成团，
仍流走一种谁都想拥有的
丰腻芬芳的肉感，
连同她们眼中的惊恐
和停在唇间的呼喊，
不是神话，是俗世女子的美，
明明才让人血脉偾张，
怎么就能以这样的香暖，
让嫩亮的肌肤，
偏就有了近乎大理石般的
冷艳的光亮。
难道这就是巴洛克
不圆的珍珠所变化出的
俗丽到凌乱的鲜烈？
应该不是堕落，
是雷诺阿所痴迷的
极尽富丽的奢华，

和令德拉克罗瓦兴奋不已的
有意失衡至于烂漫的奔放，
原可以让一切骸骨迷恋者
都抓狂的天才的表达，
至此叫我得以理解多才如他
为何能假祭坛画
在自己所崇敬的意大利
获得外邦人罕有的荣誉，
并能以自己的方式，
重新诠释了
人文主义的理想。

每一块布鲁日蕾丝的敏感

交叠着几个世纪沉寂的
是莱伊河上那些孤独的桥。
它们每一座都只许
引诺曼底的谷物到玫瑰码头，
独独留下加斯科涅葡萄酒
暖自己陈旧的脸，
似为了解释云华明灭月暗度，
如何这春恨无既愁无尽，
都不肯付于弗莱芒的流水，
偏属这市集上的声嚣，
和其四下漫溢的
无所归的凄惶。

将这种凄惶加以沉积，
再压上那座叫一见倾心的桥。
上面有凡·爱克都无法摹状的
她轻而美的行经，正悄悄
隔开大机器的轰鸣，
并镶了爱之湖的蕾丝上她
望不到北海的眉睫，
不似早期哥特式的忧伤，
是永远都唤不回的
她旧时的媚，有米开朗琪罗
安顿在爱奥尼亚柱廊间的
圣母圣婴的微笑。

七、伊比利亚的徽记

卢西塔尼亚人的梦想

奇怪啊，
居然只有大海
才能纾解水手浓稠的乡愁，
并替他狂暴的脾气
找回近于丝绸的顺柔。

与天空结缘的民族，
是酒神狄奥尼索斯的子孙，
它以绳结状的窗柱切分阳光，
却从未想拴住任何人
投向远方的目光。

何况五芒星的垂示，

是要每张三角帆
都能承受更多季风的恩赏。
这注定他们此生仅有的夙愿
比死亡更不易如愿以偿。

不如听从犹太人的教诲，
从萨格里什开启地图师规划的远航。
也别再纠结于既已达成
让商人们重返热那亚的愿望，
为何仍找不到治愈乡愁的良方。

回忆，是家园的风
和贝伦母亲般温暖无比的港湾。
是所有海星、贝壳比美珊瑚，
任满头的海草轻拂，
鸥鸟栖集在肩上舞蹈。

因为生长于大海，
注定了须一辈子与海厮守。

你性情腥烈中夹带着苦涩，
这样才全季候适合远观，
一刻都不肯被人亵玩与近赏。

包括天使降下瑞祥，
让它的光在罗卡尔角四处闪耀。
让追随约翰王的彪悍的水手
从此心怀圣战的理想，
再不顾惜母亲的倚门翘望。

更别说善变的姑娘，
比夜更狡黠的她们的眼之媚
尤胜过冷淡的月，
似要你弥缝旧大陆的沟壑，
但最后就与你隔开了无数个重洋。

可惜啊，
不相信黄金即上帝的你

还思想着大海总给人带去恐惧。

但它从来都带给人的希望

不知去到了什么地方。

什么是曼努埃尔风格

那首先是巨石堆垒出的
每一个精致的垛口，
像睁大的眼，
还没来得及投出复杂的一瞥，
就已经收尽阿尔马达城山
折落的余光，
幽幽地返照到某个
怅然若失者的心底。

被照见的还有墙上的锚
和模仿缆绳扭转的柱，
似纠缠着海藻与橡叶的贝壳
所吞吐的海的幽晦，

近乎这世界最精准的六分仪
都不可测识的远方诱人的讯息，
如何能封藏我
想从西班牙襁褓中脱出的秘密。

是的，我想要真正的自由，
自由并强大到让眼见的每一片海
都打上我祖先高贵的徽记。
我要淹没热那亚商人的财路，
然后与心中的图腾一起
巡视八方寰宇，固执地等到
属于葡萄牙人的太阳
从大洋的尽头升起。

这就是别人说的“幸运儿”，
每根血管都连通新航路狂飙的
我的做派，怎么肯
安坐在这样舒适的城堡，
伴着凯尔特人的勋绩，

而忘记了那些远胜过昔日
腓尼基人和迦太基人的
十字军骑士的勇气。

最后再看一眼，
从这里的每一个垛口，
和我勇敢的达·伽马，以及他业已
葬身鱼腹的水手厮守在一起。
我与你们一样喜欢特茹河送来的
远方印度的空气，
为它已开始沾带的黄金与香料
正抹上我治下的每一块属地。

且虔诚地叩首，并就此永别，
住回我新造的里韦拉宫。
我不愿意被人供奉成一尊
冰冷的雕塑，
只能对着驯顺的孔雀沉默，

是因为总想告诉你：

唯能澎湃浩荡的海的风格，

才是真正的曼努埃尔。

塞薇拉的法朵

当我用黑色的披肩
裹紧伊比利亚一季的热夏，
我已确知自己
终将与心爱的伯爵无缘。

但我不想引特茹河上的月
装饰七丘城的门墙。
它撞向阿尔巴拉辛山的清冷，
原不是我熟悉的阿尔法玛。

还有莫拉里奥街每一块蓝色的瓷砖，
和每盏路灯下落寞者昏黄的孤单，
是尤胜于姑娘倚门的卑苦，

有我无法唱出的灵魂背面的悲凉。

照例让吉他从高音跳进，
让每一个听者的心
直接随波音和倚声下行至杜罗河谷，
并咽歌成泪，悱恻而且悠缓。

一同逝去的，还有腓尼基的荣誉
和摩尔人强加予的记忆。
这固然让我欢喜从休达凯旋的亨利，
但由巴西传回的兰杜更叫人放心不下。

终究，我没有大海的浩瀚深广，
只是痴想着与它有一样起伏的胸膛。
我追怀远在天边不归的水手，
深体他母亲比海水更咸的忧伤。

还有就是我手中的梨形琴了，

十二根弦上拧紧着主人绝望的目光。
有的人见谁都顾怜自己比琴更妖娆的身段，
只我的情丝永远缠缚在伯爵身上。

呵，法鲁

被太阳胡乱挡住的
是已知大西洋的深邃。
但此刻的它
只想拥自己的青春独处，
看探出墙外的花
隔着比拉拱门上的鸟喙，
收敛起馥郁的香阵，
任无人理会的
几个世纪以来的心事，
静且婉转地
向风中的黄昏倾诉。

倾诉是海上初升的明月

和远处荒芜岛上
暗生的潮涌，
居然能这样一遍遍地没上
主教宫起伏的屋顶。
而被忽视的它里面的历史，
全是沧桑，
因被沾湿而陡增咸度，
与第一本在此印成的书，
是因为遭到怎样强蛮的劫掠，
才有了永夜不寐的伤悲。

伤悲的阿方索三世呵，
你从摩尔人手中夺回的
久违的山河岁月，
竟然比不上
那些啼唤不停的鸟儿
所仿效的淑女脸上的彩妆。
还有那些慵懒的老头
也没有更深刻一点的感叹吗？

不就是才过正午的人生，

怎么就换尽了野心，

只会在懵懂和遗忘中酣睡？

奥比杜什的婚礼

你被吸引着攀上
曼努埃尔峭峻的城楼，
为看每一段雉堞
因曙色而投射出的
沧桑变幻的姿容。
你惊艳于七世纪瓷壁上
北非与阿拉伯的光色，
似阿方索一世被撞碎的酡颜，
教会你懂得既自称多情，
就当将少年的心思
禁锢在她
温柔多情的封地。

所以你开始想象

遇到命中的伊萨贝拉的时间，

思忖该用哪种糖果

和哪种最干净的花露，

与迷迭香一起串联她的项链。

直到樱桃酒注入

巧克力杯似的她的笑靥，

五百年前的海水

没上你正打战的脚背，

你的心有古老的激情荡漾，

身体已然酥倒在

她香裙拂过的草茵。

波尔图街头音乐家

黄昏里的吉他，
大提琴和闪光的萨克斯，
因空旷的广场和我失神的眼，
转调成不知能归属谁的
说不出的凄迷。
好在还有水配合地送出和声，
兼着鸽子盯紧琴盖里
仅有的一枚硬币，敛翅屏息，
与那条惠比特犬一起
支棱起薄到透明的耳朵，
似要将琴弦上每个逃散的音符收集。
除此之外，还有谁会明白
此前无数个被白天追赶的黑夜，

最后的莫西干人的指下，

竟也有奥伊斯特拉赫的技艺。

他手上的重茧

是难以掩饰的心有沉疴的指征，

那样的执拗，低沉，命定是

乐池外一切经典的死敌，

也让人有以想象

他被灵性灌溉的整个生命，

和殿堂拐角处的每一段

柴骨支离，

为何会被街灯偏爱地照着，

再由风中飘转的落叶

温柔地托起。

杜罗河谷的窖藏

山顶上巍峨的宫殿，
和星空下修道院的回光，
街心中世纪拱门下
每块蓝瓷砖所照见的
教堂圣灯的闪耀，
都像在提醒牧师塔
只有睁永夜不寐的眼，
才能引每条翘尾船
去冲冒多瑞加们的嫉妒，
才能带波特酒藏身于
半满的木桶，
并随时准备着船漏落水，
好借一场梦寐以求的漂流，

去行历恩里克开辟的
通往休达的航路。

须知这是最最隆盛的出发，
故最不需要虚骄浮躁的开场。
它将自己的一半留给空气，
只为了由时间
代神找到合适的那一刻，
以酝酿出那样的滋味，
来催生辉煌而诗意的中段，
更洋溢激荡人心的回甘，
终究是要它不同于一切的凡品，
有令人毛骨起立的震撼。
但谁能知道
有比这更让人百般操心的
是它按捺不住的鲁莽，
和随时会让芳醇漏泄的
不能含忍的溢出。
所有这些让调酒师犯难的

都仰赖你，并只有靠你
优容又含蓄的呵护。

呵，杜罗河，
你发源于伊贝里卡峡谷的
每一个念想，
从巴开卢延伸到巴尔加德奥瓦
所流淌的万斛情深，
原是要这样汤汤流向大西洋。
但在此之前，你只知道
全身心地付出并乳养
两岸的葡萄园到每一畦，
并为它旦夕变化出的景致
而甘愿收窄你的纤腰，
而能以更清峭的眼神看
临河热闹无比的酒市，
和你所哺育的波尔图
一城灯火的烂漫。

敬畏你完满到如此的残损

且放王座下

史笔的波诡云谲

入依萨贝尔门，

由它越过

想象中高耸的城墙，

来看三层台基上

科林斯柱子支起的

罗马军队的行进。

能想象吗，

究竟要流多少血和汗，

才能蒸腾完三河交汇的

平原上空的水，

才能让刚开始公元纪年

就丰饶无比的埃武拉，
难掩它
干涸而憔悴的姿容？
然后渡海而来的英雄
有无惧于后登场的
摩尔人的勇敢。
当人们只沉溺于狄安娜
温柔的包容如月华，
其光明与生命之神的威仪
已吞并了阿尔忒弥斯，
直教惨白的清真寺
越发显其惨白，
并绝望地看自己费心勾勒的
每一道金边，
诚黯然如嫠妇垂死的眼线。
勉强配得上的或许是
远处哥特教堂
肃穆到可怕的冷灰。
但若为了沸腾壮士的血，

须得人再死一次，
他们私心虽都愿意，
但已经没人相信
他们的血已在安逸中凝定。
因此请不必沮丧，
或许就沮丧地直承
自己所从来知道的历史
和无数人构成的世界，
唯失败了的英雄的
背影已逝，
从来能满血复活于人心底。
正如从来的大美惊艳
或在五官的停匀，
但最感激人心
且让你轻狂的笑如刀切般
终止于此刻的凝伫，
只是这些遭毁伤的生命，
并正是他们虽已残损了肢体，

如你眼前的断垣残壁，
是他疏阔的眉眼外
犹存放的热情的明示。

地球边缘的哥伦布

当你放出漂流木桶，
感觉此生就将走到尽头。
你看到远处
有站立起来的海邀你吻它的喙，
堪堪就将吞噬
自己花一整年打造的船，
是要葬送你
已经浪掷虚抛一样的生命。
甲板上开始传出惊呼，
失态的水手开始争扯四角帆
为自己的怯弱遮羞。
只有你，想到尚存在的
旧大陆的梦

是要让长矛勾串起陆地，

让胡椒代替香料，

让自己日夜牵挂的女人

不再只是一个湿漉漉的念想，

永无可能在伊比利亚，

被自己磅礴的情欲灼烤，烘干。

因为你是上帝的使者，

具有神性的无畏的船长。

你佩服赶走摩尔人的伊萨贝拉，

是喜欢黄金，也努力传播

基督最伟大神圣的理想。

只是晨光熹微，

你意识到自己很快就要死去，

但这与人终将死去不是一回事吗？

因为能这样想，

你让水手又熨了一遍衬衫。

虽知道自己盾徽与纹章上的皇冠

有可能被码头上的人们打翻，

可为上面离散的那些陆地

终究连在了一起，
你有足够的欢喜来平静自己，
并默念此身终将不死，
像落日复升一样。
而你眼中不能掩抑的骄傲
像在提示：
从此以后，从这里到那里，
一切都将变得容易。
人们将为自己终于得到
东方的财富而狂喜，
只是不知，从此将再不能
称自己的出发为启航。
任何的出发在你都只是小别，
因为有你开辟的路，
你长眠在
塞维利亚的擘画，
很快就会把人
带回家里。

阿尔罕布拉宫的回忆

我想用人所熟悉的三段体节拍
抚慰忧伤的安达卢西亚。
我长时间地调用轮指技法，
只为能摇撼城东绵延的丘山，
和斯拉纳瓦达脚下一道道
高厚的城墙。

可惜阿尔卡萨瓦城堡再顽强，
终没能支撑住孤独的奈斯尔王朝。
赫内拉里菲夏宫的花草
只摇曳出晴空中变幻的七彩，
居然任由柏树步道上的马蹄树丛
成为窥破其繁华陨落的创口。

所以还是别再跟我说什么
星星、贝壳和所有神木的花语，
包括珍珠粉与玉石屑合建成的那些个廊柱。
它们撑得起漂浮在水上的每一个拱券
和如钟乳似蜂窝的七层天，
却无法止住落日吐血似的溃散。

所以还是让我重叠、反复并旋转
每一处庭院中的喷泉，
和每个十字渠中流出的每一条
水、乳与酒、蜜掺和着的河，
并不得不用 A 大调作尾奏，
将它们一一细捻轻拢。

请赐阴郁的格列柯以光

比萨格拉门外，
被腓力二世带走的
城堡之地，和阿方索十世
制定的《七章法典》，
是卡斯蒂利亚王国
几个世纪的荣耀，
犹带着不时投向塔霍河的
西哥特人的骄傲。

可叹蛩声咽夜，
蝶梦惊寒中
没奈何的似水流光，
从布尔戈斯汇止到此地，

转瞬度清冷的月
过桥，潦草地就掐灭了
每条断巷的呻吟，
和旧贵族入骨的哀伤。

直到一个迦太基人
带来克里特岛沾着青铜的气息，
和被意大利调整过的目光。
但提香与拉斐尔的熏染
并没能掩夺他理性外的圣命。
他每一抹高冷的蓝调
都聚焦于茫然失神的使徒，
尤凸显了他们困顿瘦削的身条。

教堂外，关河风冷，
厚重的彤云压一城的神秘，
被他用恐怖的雷电拉得太长。
里尔克新诗与哀歌的灵感
与夫不经意引出的毛姆深彻的感叹，

他画中狂暴的激情
一如谁也无法抗拒的命运，
别指望能向另一种神明求告。

但还是随人们去猜吧，
我自将挟矫饰风格穿越拜占庭，
去接引现代主义的大纛。
我不期待蒙克能为《拉奥孔》呐喊，
只是遗憾《第五封印》引出的
亚维农的少女，
多少遮蔽了我烙刻在
塞尚身上的印记。

休再说维也纳的分离画派，
不只席勒在传播我过人的神经质。
大洋彼岸的色域画派，
我超验的感受，依然如幽灵
在罗斯科画中闪烁不定。
直到一百年后，曙色熹微中

渐渐失落的灵感
仍因我的魅惑而舞蹈。

就让我沉醉在这里的每一座山冈
和每一杯为了神圣希腊的醴醪。
看远方渐渐暗沉的天际，
有依稀可辨的圣多美旧日的时光。
然后回到初来到的那一刻，
以静候托莱多的月亮升起。
我心安于它再次降下的福音，
有一些好像落在了奥尔加斯伯爵的身上。

戈雅的青白眼

别指望挂毯上的巴洛克
能换来智者的身份，
自小就熟悉的阿拉贡的飓风
会销蚀软榻上玛哈的肉身。
一旦逃过异教裁判的圣宾尼陀服，
就意味着须忍受先觉者的痛苦。
失聪虽能让人片刻清静，
怎当心有烦恼，每使人徒唤奈何。

远天巫性的神秘
暗藏与魔鬼缔定的十万份盟约。
教廷里的每一次怀疑
都关乎信者的生死。

所以你没法忘掉圣伊西多罗
这马德里守护神的朝圣节，
在妇人们撑开的每一朵遮阳伞下，
有着怎样失智而狞怖的形貌。

近处直布罗陀岩石上，
神说行过的尽是自由舒荡的云。
但亚斯马提的暗示像极了被献祭的
孩子的脸，尽是彷徨无主，
他张大着嘴巴似摹状
萨图恩噬子时的惊恐与癫狂，
可惜没人看出在蝙蝠啄残的灵魂中，
有善者深挚的祷告。

这样在女巫的安息日，
你才选用比伦勃朗的暗沉更暗的色调。
你才卜居在曼萨纳雷斯河岸，
替瓜达拉马山抢在现代性到来之前
先安顿了梅菲斯特，

并独自为这个人类最大的隐喻，
在那间黑魆魆的聋人之屋，
向四面涂抹出梦魇似的惊世骇俗。

八、白夜妖魑的天窗

维京　维京

让鸟都绝望的冰海，
没想到会有这样昂藏高举的龙首
来轻轻剖开它的锦面。
再敞开弁敛它雄心的每一片甲板，
裸出高唱向远天的歌喉。

住在海岬上的勇士，
命定不会向海天颠倒的环境低头。
他自小受到的训练
是必须将橡树镂刻成战船，
此后长矛便只能刺向每一个
挡道者的胸口。

大海不会有片刻平静，
像极了女人不会一刻忘记寇仇。
她们微笑着与丈夫挂满伤口的遗体告别，
就此再不顾孺子的哭喊，
会怎样随她从跳板跌入巨浪的峰谷。
并看她跟着旋涡打转，
任他们的泪在冰冷的月下横流。

这就扛起我心爱的战船，
跨过拦在我前面的河。
我的目标只是富饶的海与陆地，
本无心理会你因怯懦而常能苟且的央求。
所以别怪我才征服了诺曼底，
就来扫荡基辅的店铺。
你黄昏中惊魂甫定，自然猜不到我
这么快就出现在拜占庭的门口。

更快的是由冰岛西指，
勇士所看到的北美飞来的海鸥。

妇孺们兴奋地唱起《埃达》，
浑忘了主神奥丁的宝舟。
看呵，大海是唯一能让我安睡的眠床，
战船才是我最合脚的长靴。
我虽敬佩华纳神族，终不忘记
祖先的教谕，
值得让子孙效尤。

你们要待客恭谨，
但出门须先提防阴谋。
你们要敬天顺命，
须看得开功名原是浮沤。
你们还要时时思量，
千万不能做财富的徒囚，
因为是智者必无愧怍于天地，
唯友谊才值得人追求。
这样，有一天你真感到人生苦短，
也不至于常怀殷忧。

睡在海底的雄心

你勇士国王的子孙，
世所称颂的北方雄狮，
自不会在意六年后
才等来了
热闹的加冕礼。
你无心回应臣民们投来的
敬仰钦服的目光，
为之前已参与的十年国事
和疆场上七载风霜
所赋予的理想，是要你
带远离商道的瓦萨王朝去夺取
波罗的海，再在芬兰湾
扼住俄罗斯人的喉，

以便让勇士无敌的剑与矛
深入德意志的腹地，
去赢取
可比配汉尼拔和恺撒的
不世出的勋绩。

换去新教保卫者的戎装，
奋励起维京人的血性。
你尝到了北方的风送来的
海上冒险的讯息，
是要你明白王国的福祉
既在上帝，也在海军，
就必须让倒下的橡树支撑起
十张巨帆的三桅船，
还有可碾压丹麦人的巨大的火炮。
但这就一定要让
披甲胄的骑士与天使一起护住
贴有金箔的你的纹章，
再在双层船体的首尾与舷端

安几百个吼狮雕像吗？
如此人所仅见的水面上的浮夸，
和实足的巴洛克风，难道
是你命定中必有的最后一次迷航，
注定了才启碇就将难以为继。

很快，你亲见
海水从每一个炮口涌入，
漂浮起手下将军们盘子里
一层层浓稠的牛油，
再怎么一点点掺入神父和医官手中
刚开启的朗姆酒。
士兵们用来赌博的那些个金币
是他们仅有的可矜夸的家底，
也只一瞬间就贴到了
诸神和妖娆的美人鱼的脸上。
不能相信有风无浪的湾海的惨状，
似被一只无形而恶意的手
掀翻了整整三年四百人工的营造。

更别说以后三个世纪的沉寂，
还有诺查丹玛斯的预言
和它不忍直视的吕岑会战后的
葬礼，都陪它一同
睡在了海底。

属水的阿姆斯特丹

建在一万根木桩上的七百年属水的
尼德兰，正在说它蓝釉的纯能映象天空，
是注定要等到第四个百年
才得以让自己的精华穿过马格尔桥，
在人们赞许的目光中
分黄金时代的光入每条运河的波心。
它映照从奥斯曼引入的郁金香，
和所濡染的艾瑟尔湖边的那座泪水塔，
是确信唯通往东方的航路，
才是自己占取欧洲必先抵达的要津。
看水坝广场上纷乱的自由，
恰如它纷乱到不自收拾的随性，
正舞腰弯向低地，接纳一切异类的绽放，

不管它们已经脱序到
让斯宾诺莎都有些难为情。但那又怎样？
正如同性或异性间的欲念
都不会是伦理的陷阱，而是人的本质，
同于伦勃朗展开的人性丰富的暗面，
告诉你唯茁强与自信才是人生真的进境。
而不能宽容陌生的生命，
你有限的想象力如何能够活色生香？
难道要巡历这世界所有的枯萎，
让它们都比不过你枯萎时的惨淡与拘谨？
看远处滉漾的黄金弯的每一堵山墙，
和墙后每一双狡黠无比的眼睛
疲累后所投向的每一条骚动的船屋，
无不在主张世俗的权利。
它们关乎知识和信仰，虽发源于各处，
此刻活泼且自由，正相互包容着
向这样的低地致意，带着
对水特别能容纳的亲近，
和每一座能殷勤接引的桥的礼敬。

应该有卜居的隐者

时荏苒而不留
更嗟徂岁的暑寒相推，
是怎样难得的机缘，
让一个植杖翁惊艳，恍惚，
假脱然的清风相送，
来到他似曾相识的桃源。

看远处平旷的田圃，
林木交阴中正安巢的倦鸟，
有几个宵兴的炊妇
和几个正野宿的孤隐，岑寂，
所勾画出的墟曲声悄，
正是他殊为企羡的清境。

此刻高卧于他北窗下的清境
正乃欸乃濯地听凉风
教他体漫士欣然有喜的幽怀，
他绿酒映照的华发，飘逸，
似有燃烛达旦的雅兴，
可令你想到东方醉颓的玉山。

试着脱弃你招人嫉羡的簪缨，
邀故人牵黄挈壶，
来到这远离易水的颍滨，
你班荆在松下忘情地放歌，开襟，
只为此生已不屑过问世纷，
并深感唯闲情才最值得人关心。

迈迈时运和将暮的岁云，
穆穆良朋的春服和夏日多余的矫情
都不想看你做残五更梦，
才为临水愧鱼而后悔，追叹
就让彼时的良夜悄静，
竟这样与自己隔在霄壤。

市场街的斯宾诺莎

因为要获得天堂的思想，
他调动了仅属于自己的头脑。
他用凄淡的心光
照只值几个斯泰弗的麦片粥与奶羹，
居然仍那么有力量，
就同时看到上帝的灯下黑
和世人昏昧的谵妄。

背负着长老们压在自己身上的
所有律法书的诅咒，
走这条只朝自我敞开的路，他笑了，
事事不能做不就意味着事事都能思考吗？
所以无须理会宽街上隔空抛来的冷眼

如何清冷过莱顿与海牙的晓月，
它的垂示，是正要你与更高的智慧相处。

这样，没有悲喜更不带恨地
去悉心收拾星空下每一处散落的灵魂，
为它们一一扯下才套上去的华袍，
还原其不过是宇宙尘埃的原貌。
但人到底该有怎样不自卑的骄傲
才不至将灵魂抵押给欲望，
对此我只有悲悯，而你们必不能理解。

所以在你们拒绝我之前
我早习惯了形影相吊的孤独，我越过
努力挽回舌上的罪的你们的忏悔，
而留滞在须德海广阔的腹地，
只为听这世上无数的河流过无数的桥，
和桥上可看到的无数的行人，
再脱不下我为他们磨制的眼镜。

在奥斯陆冰雪的边缘

看这里的每一座冰山
都习惯于水面下的酝酿，
它拼将未知的一生
抟聚能量，
就是弄不清人所贪恋的热意
怎么会因为太急切，
转瞬就凝成了同于自己的
挥之不去的孤寒。
放过吧，所以它觉得该放过
每一丝送春到来的风，
由其匀分被折叠和简化了的时光，
是可以让所有人心安的
它的淡定和含蓄。

直到这样一种允诺的到来，
并押上霍尔门科伦山作担保。
它从未想过
自己能以本来面目
为落寞的人借更多的光，
因此放下矜持，
开始昵近那些飞来游息的鸟，
包括乐意敞开冰结的心，
引浪漫的情侣攀自己的肩，
陪他们可能有的沮丧
一起浸入深海，
并指点那里也有音乐
深沉而邃美，
足以酬答一切
沦肌浃髓的心曲，
不要说此刻，任何时候，
你都不一定能体会。

印入维格兰石头的心愿

你才舒展的生命
畅好如大地缤纷的花园。
你甚至觉得生可以无关呼吸，
怎么能体会人生驻迹的倏忽
实如花瓣上的朝露，
有着不可握的浩荡逝水的悲辛。

你总抱怨时间太慢，
盛宴这么晚还没有开始。
怎么会留意帘外的雨正织愁，
有最怕见的池塘春草，才丛生，
就全输于阶前的梧桐，
摇落着不堪听的秋天商声的低吟。

你自然也不理解
虽自信而实苟且的人们，
会甘愿减有限的容光予憔悴，
为那些热场中丛出的无聊奔竞，
眼见它是空无，仍拼着
消损了昔日饱满而绰约的腰围。

然后你来到这里，
震惊于生死柱上的幻影世界，
全是比你孩子小的婴儿
和比你父亲更老的骨骸。
你虽不想知道人生的真相，
已多少明白有些事最后须自己体会。

譬如生如何只是偶然，
死怎么成了灵魂脱出的大归。
你很想收住终将会失去父亲的眼泪，
虽庆幸他一生都做着练习，
仍怕见一切恶当中最最大的恶，

终究会将他化为陌生到可怕的异类。

看生之桥还在接引幸福，
源源不断地带给你出奇温暖的爱。
生之泉浸润成人的劳辛，
抵不过时间之眼阴暗的偷窥。
尤其当夕阳抹上凋敝的脸，
它原有饱满的光亮，任谁也无法挽回。

这就抱紧我的父亲，
用六百五十个雕像的力量。
我知道人生其实并不终止于死亡，
但相信总该有一种信仰，教会我坚强地
朝向生命中好的终点，哪怕它像
坟冢上长出的新草，和雨中不真实的烟花。

最深切入的你和它最自由的释放

极昼漫长的抚触，
和比极昼更漫长的
冰舌的舔卷，
是远处七姐妹脸上的雪
映照的山与海的
绞斗正酣。
它脚下两万多公里海岸线
尽是战场，才排开
十五万岛屿的天兵作阵仗，
就听到有狂风攀上布道石，
呼啸着，接应峡湾中
每一朵耸峙的惊涛，
有谁也浑不顾的

卑尔根人的果敢与豪爽。
当然它也能温柔深情
如艾于兰的云,
用美人轻旋出红纱
去分弗利亚瀑布的声与色,
去放出
弗洛姆火车中撞成碎玉的
一声声惊呼,
以让人陶醉到虚脱的方式,
和所有受惊吓的心一起
先上天堂呼吸,
再慢慢浸入澄澈的水,
由你去体会
什么叫忙碌是蠢,
胆小是耻;
什么是山谷、丛林和湍流,
和谢格拉山上被勇士催眠的顽石,
能从不管巨魔石亮出的心思,
都促狭地朝你嬉笑,

为它虽受束缚，仍有自由，
而你虽身无牵累，
心中却一直背负着
重重的遗憾。

蒙克的《圣·克卢之夜》

你没留意我的尖叫，
是基于很久以前的绝望。
你不停张望那桥上的风景，
不过因天边滚动的血腥，
正嚣张地往来纷纭。

黑礼帽下那一张清灰的脸
是白夜妖魑的天窗。
女神麦当娜香氛刺鼻的合欢床上
有世纪末一切恶的拐点，
正要你忽略死神怨毒的冷笑。

然而生命中有些雨必须落下，

就像有些摇篮天使
必须挺过日出前的休克。
等到它再化身噩梦戴着头纱来造访，
就是你深陷一生的囚牢。

所以别再责怪我瞪大了眼睛
只看到属于自己的阴影。
我在心里预先给每一种绝望命名，
原是为自我麻醉，
没想要你也一同跟着受惊。

我固然佩服麦田里的燃烧，
最后还是选择用黑洞封闭了自己的身心。
我不忽视你有破碎与幻灭感，
但实在没法吸纳你所有的各种罪
和本该你承当的你的宿命。

是什么涵养了你，赫尔辛基

被水涵养的国度，
是这样透过密如森林的睫毛
和无数个湖做眼睛，
看两边拥挤的海，
怎么兀自拍打这里近百年的
每一处明垒与暗堡，
莫非要以不息的长念与久爱，
誓与每一寸防波堤
厮守到天荒地老。
伫立于
寒冽天候中的
它北方直布罗陀的名号，
被唤作

古斯塔夫之剑的
它岛上的每一尊大炮，
不像骑士，
既可以让阿曼达托付生命，
再献上铃兰编的花环，
为她所象征的栎树下的
赫尔辛基的诞生，
散发着波罗的海女儿的不胜娇柔，
怎么就只能
惊惧地看着城堡上
西方归法皇东方归沙皇的鼓噪，
任由瑞典人、俄国人
和克里米亚战争中
不甘人后的列强自由来去，
再也难洗她身上的耻辱，
反平添了同于《卡勒瓦拉》的
足以让史诗蒙羞的懊恼。
该怎么告诉你，我深爱的土地，
你须有城堡一样坚硬的意志。

尽管你没机会打造这里的一切，
这里的任何一块石头
也没能刻上你乌拉尔语系的
独特的印记，
但教你倔强地中立
并炮口也要上刺刀的
正是它。
它应该就是芬兰的，
而不能叫瑞典堡。

正如你无数次忽略了

——在格里芬菲尔德与克尔凯郭尔像前

正如你无数次忽略了
风含带的讯息，
不仅示人以季节的暖信，
还借着夏天的雨，
点点滴滴，不是存心滋润，
是想用新一茬的生
提示一种意义，
最终都被忙着赶场的你
于无谓的奔竞中，
黯淡了它本应享有的令名。

譬如关于理想与牺牲，

如何让高贵的伯爵
激荡出普罗米修斯的勇气。
他为日渐衰弱的祖国
真就坐穿了僧侣岛的牢底。
无光而有恨的，是近二十年的
幽囚的生涯，困住了
惨败于斯堪尼亚的王国。
他被否弃的增加国富的主张
更成了再也完不成的使命。

譬如关于忧郁和绝望，
如何让敏感的浪子
体悟到泛理论的不情。
但终究，那先于本质的存在
未让他免于放纵后的落寞，
反令他驼着背寻仅属于自己的真理，
虽不良于行，但不轻言放弃，
最后仍无可奈何于
所担荷的原罪，做成了雷吉娜

无法理解的最孤独的坟茔。

沉默，是一庭的池水
在眼前波澜不兴。
偶尔有鸟来造访两尊雕像，
转瞬就负残阳，
还与了遥遥的暮云。
原谅吧，一切渎神者的粗率与轻狂，
为它自有深邃的暗示如星空，
是夜愈深它的光愈亮，
并此刻正雍容地朗照着人们
在这光亮下安睡。

并非他世界的……

从格陵兰吹来的
苔藓的种子，
蘸辛格瓦德拉的湖水，
整天忙碌着在风中书写
自己的名字。
它涂抹维京人的房子
和溺死过通奸者的沉潭，
是想扮俏这里的景物，
终究应该有
格林米亚赋予的肥沃，
抑或还可能有
出乎一切人所料的
极北勇士的憨直。

但是，这片土地的最深处
铭刻有两千万年前
裂谷撕开的森怖，
它让海岭溢出灼热的地幔
遮自己沧桑的脸，
沸腾，再凝固，
是不愿被记录为没活气的
玄武岩或流纹岩，
更不想让火山死灭，地震悄寂，
所以才要间歇性地喷出
它的热度，
伴第四纪冰盖赋予的
高深莫测的眼
盯着你，苛刻地评价你的到来，
是懂得由粗粝欣赏它的美，
并一刻不忘其初出场的声势，
还是终究无法深体其
地热偾张的身体
为何至今不容耕耘，
更不由人亵玩与轻弃。

你高冷的心的热烈

让火山点燃每一处冰川，
照史前陨石坑
映象极昼钴蓝的，
是你从不想约束自己的
玄武岩的率性。
但你太快就换过了表情，
诱人到瀑布背后
看彩虹横跨粗粝的黑沙滩，
惊艳了远处雷尼斯岩
耸峙，与彳亍而来的撒旦一同，
不甘寂寞地蛰居于
那个黑暗城堡，
得意地伴领航鲸行过

斯奈山半岛，
又居然变化出另一副装扮，
和红沙滩一起优雅地
向孤傲到遗世的西峡湾致敬。

滔滔不绝地归入大西洋的
它无穷的恨意，
和月下玉雕般玲珑的你的
流淌，也正无尽地
说着它所不能懂的夜的深情
如乳白色的蜜酒，此刻
特别想包裹它，
为所看到的你苔原上
四处漫溢的河道
正被冰铸，火烧，
所勾勒出的大地的面貌
如月球，实流淌着和它一样
天生的桀骜不驯，
如何才能易高冷的

它的表情，
为无限优柔的
你的安静。

九、啊，涅瓦河

你配得上所遭受的苦难

在将要投海的湾口，
它体味鸥鸟啼叫的意思
是想唤回关于英格尔曼兰的记忆，
还是这片沼泽地刚升腾起的
彼得大帝的雄心？
十万工匠堆垒起的石头，
似熟悉的北方瑞典的枪弹。
但当时他们不惮赴死的勇敢
是只想让它有一座要塞
枕着，迎一晚轻歌不辍的夜莺。
且暂时歇息一下
疲惫的心，
收卷起波澜万丈的豪兴。

为无数次念想中的
始发之乡，它觉得可以重归故里
去享受拉多加湖
悠长又惬意的光阴。
“那就绕海神柱转个圈，
躺倒在自己宽阔舒缓的河床。
再借从希腊舰船
漏撒下的月亮
辨认自己最亲爱的兄弟，
如何四人同心，最使我怜惜的
是伏尔加河的忧伤。”
目送，是被神诅咒过的宿命
和没法停下的永恒的奔流不息。
它焦急地巡视
没有驯马师看管的几百座大桥，
但黝黑过玄铁的每一条支流
都无法替它安抚
远方折断了胡须的法老，
还有滨河街的狮子，

犹带着古老帝国的窘迫。
它骄傲地回想其曾经有的富庶，
自然就打开了几百处宫殿的重门，
任每一座园林
尽其彻夜玉箫金琯的声器。
就这样行至元老院广场，
仍说不清为何有不能言说的悲伤。
或悲伤是因为崩血的夕阳下的
青铜骑士，怎么就
对冲着它体内俄罗斯最贞静的
女人的泪，
在雪夜清冷的月下流淌。
也罢，终究要归向大海的还有
它曾经为之骄傲的城堡。
然而烈士热血流过的地方，
和囚不住的智者思想的芬芳，
有谁知道
后来都去了何方。
就让失落的灵魂沉入水底，

让悲伤坐在万籁俱寂之上。

它不信自己

可以这样自外于每一滴

饱受苦难的水，

只好听任黄昏滴血，

并想着能否用它

去涂改

望向上帝的祝祷。

这片北方的土地

在莫伊卡河与涅瓦河望得到的这片土地，
有意大利工匠建成的宫殿。
它花园中每座雕像排布出的满眼的灿黄，
和力士参孙用劲掰开的每一处甘冽的喷泉，
都折射远方波罗的海的光，照见的是
这个被长袍与胡髭遮蔽的帝国最阴郁的前世，
有着如何最颟顸昏聩的容颜。
所以他要改变，
要占取从北冰洋到里海最广阔的空间，
再经波尔塔瓦一战逼退骄傲的查理王，
为自己争得海军中将的头衔，
并直到临终，仍不忘让白令连通
阿拉斯加海峡，

为着尤其想要看到的远方邻居的风派。
譬如在牛顿哲学问世以后，
那里的人如何潇洒地走进博物馆和剧院，
并刚送走上学的孩子，转眼就
和喝罢咖啡的绅士优雅地滑入舞池，
针对当天报上刊出的新闻，
用足了耐心，听妇人对圣彼得堡坏天气的抱怨。
此后每一个夏天，他都会来此
巡视流金溢彩的每一个房间，然后俯视
正在上演的每一场文明交际，
再安然踱回那间仅属于自己的低矮的小木屋，
去独享让四壁包围内心秘密的快活。
直到最后的时刻到来，
他浑身打战，犹带着从海里捞起的腥味，
和一个叫米哈伊洛夫的下士的记忆：
真是开眼呵，也真过瘾，
为着曾经混入使团的那一场游历，
和能驾驶东印度商船，在英国议会大楼的屋顶
看到普鲁士军人的枪弹。

然而，还是有一些忘不掉的耻辱
如浅而深的一念出入，是偶然听到的
勃兰登堡选帝侯夫人与她母亲的闲聊：
遗憾，真的有点遗憾，
那个龙行虎步的大个子，
趣味终欠些风雅。
这样促狭的背毁与他从来领受的面誉
差得实在太远，
让他就是在此刻也不能轻松地放下。
虽说英雄出自草莽，
但他终究是俄罗斯的大帝，
他要每天坐在这里警醒他的子民，
为着自己的经历，宣示说：
曾经有这样一个皇帝，
虽拥有脚下最广袤的土地，
可他全部的努力
只是为了能看向这世界
极远处的风景。

是谁闪耀在欧洲上空

当站上罗曼诺夫王朝
最奢华的阳台，
你就忘了那个索菲亚
和她注定要领受的每一个
月华清冷的夜晚。
数十年孤鸿寡鹄的光阴
尾随着难以召回的丈夫旁顾的心，
所引来的公爵的痴情，
是自知孤响乏应的后半夜的幽思
度越了每一缕吹撞宫殿的风，
和它孔雀灯上
如鬼火般闪烁不息的生涯。

就此断了回到故乡的念头，
在皇村梳理你排展不开的愁。
直到天命将至，
全副精神伫立成涅瓦大街上那尊
卸去了甲胄的铜像。
此时你已将拜占庭风的皇冠
随意地抛在了脚下。
而那些将军们
哪里能预料到北高加索的风色，
一如波兰的雨夕霜晨，
其日后的命运有谁能够掌控，
又有谁能理解和猜透。

这就唤醒高情卓荦的文士
和他们满腹锦绣的才华。
你能慷慨预付狄德罗半生的薪水，
自然能通孟德斯鸠的《法意》，
并不惧与伏尔泰讨论
谁才爱真正纯正的艺术，

谁的眼中不仅有陆地和海权，
心里还燃烧着文艺复兴的爝火，
能照彻埃及莎草纸上
孟菲斯的门楣，
抑或远方壁画中的龟兹
和黑水城的唐卡。

然而你还有敕令，
是让提香调用希腊的众神
装饰孔雀石打造的厅堂，
再从梵蒂冈迎来
《旧约》中的圣家族，
所打造成的拉斐尔回廊
能诱引隔壁宫墙上
正向你奉上权杖的无数个天使，
和香槟浸润的舞会上
无数的衣香鬓影，仍不能掩夺
卡诺瓦的美惠三女神，
和其无与伦比的清贞与懿雅。

呵，

跨越雄伟的乌拉尔山脉的

是让蒙古人闻之丧胆的恐怖伊凡。

在波尔塔瓦击垮瑞典人的

是缔造了俄罗斯庞大身躯的彼得大帝。

然而既已拓展的疆土，

岂非最难以应付的挑战。

那好不容易被听到的

临海的波涛，无尽而磅礴汹涌，

冲刷着芬兰湾，

所指向的正是俄罗斯的心，

除你，还有谁能擘画？

你的许多是我的唯一

有许多痛苦
让人背负各自的罪责，
认识到人生的归路
和真地狱的风景，
是尽一季白夜都无法履行的
与上帝达成的约定。

有许多遗憾
不让人终于知道真相，
用洒向坟墓的泪
去洗死屋中思忖的痛苦。
它所自带的崇高，
不经意就能在忍耐与驯从中

战胜所有通俗廉价的幸福。

有许多罪与罚
从谢苗诺夫校场出走，
居然沿拉斯科尔尼科夫的
杀人路线，站上了
科库什金的桥头，回望。
虽冷静是这运河上冻结的波纹，
怎么就一条条地刻上了
他劫余刑后的额头。

有许多镀金的邪恶
鬼附在诲淫者和虐待狂的身上，
正看着唯一了解苦难的他
走向涅夫斯基修道院。
尽管他怜恤游荡在街上的众人的沮丧，
但他们会在意他吗，
他凋落在麦地里的种子
究竟会与什么福音一起

唱颂终获果实的希望？

可叹你们有那么多的许多，
我只有一颗感知忧伤的头颅。
我潜意识里的每一刻
都不停地在《荷马史诗》中搏斗，
伴着复调实验，才想回视莎翁，
已被颓废的人们奉为前驱，
并即使卡夫卡的血亲说也不再是
唯一的确认，
为我曾经冲冒的风寒和预先知道的绝望，
是许多人终将在自虐与分裂中疯狂。

再追悼一下这个许多吧，
包括许多鄂木斯克无法独处的时光，
和压在轮盘赌上的
许多再也无法追回的健康，
是何其微弱的向许多人的生之布道。
回思痛苦独独是他的气质，

以及终未获得自由的他的死亡。

他已让许多人的血和他一样

瀑布般地奔泻，所谓以苦难净化的是人的灵魂，

所以就不必再去卡皮托利丘加冕，

以躲避许多雕像都有的雕鸮们的轻狂。

再不会有那样的月夜

你全身心地看向缪斯，
与皇村中生长的
爱情与慵懒
整天厮磨在一起。
你这样的降生似有天意，
带着祖先汉尼拔滚沸的血，
是太阳热烈的烘烤下
最受人唱颂的神迹。

然后月桂丛中的夜莺
和离开了冥河冰岸的幽灵，
被你巡视过千百遍的
每处花园与林地

都透着光，再依次转为阴郁，
全是你看到的她后生出的
想再一次回到初见你
第一眼时的狂喜。

但你终究还是爱茨冈人
和那些被放逐了自由的土地。
你中夜听女人隐约的哭声
在严冬中一点点冰结，
似巴赫切萨拉伊无尽的泪泉，
从此就不再吟风弄月，
更不会仅专注于这里的每一株
橡树、赤杨和菩提。

就请伸出手来吧，
去顺随生命中每一刻上演的凋亡，
迎候波尔金诺嫩黄的秋季。
去体会万物熟落正是神都赐福的收获，
全不同于人将归去的忧戚。

你因为有这样的忧戚而痛苦万分，
所以彼时俄罗斯的焦灼，
全陪你坐倒在奥涅金的长椅。

再念一次你的名字，
去承受生活的欺骗与打击。
只是已不会有那样的月夜了，
并以那样澄澈的光，照你
穿过幽暗的小黑河，
回到那个咖啡馆，
与高坐的亲朋一起。

阿赫玛托娃的月亮

在你最好的时辰里
遇见的都是不确定的爱。
直到以赛亚·伯林
惊讶于你完美如经典的脸
和你天鹅般高贵的气质，
有跃然于悲剧女王的忧郁，
是谁也不敢与你争锋的
月夜波心的深邃。

在你月夜波心的深邃里，
神敛藏起它仅有的一点清辉。
你努力理解每一种复杂的表情，
却必须日日面对残暴的笑

和月夜下凄淡的心光，
居然在照彻别人的罗帏后，
吹开了自己念珠上每一颗
馥郁如酒的花蕊。

在你馥郁如酒的花蕊里，
每场夜的交欢都显得特别干净而纯粹。
你像花蛇一样裹紧每一次激情，
但雏鸽于窗外嘀咕着看霜花闪过，
紫罗兰的残叶窸窣，并将零落成泥，
都无处可安顿你孤独的清高
和任凭琉璃打碎似的
你伤心欲绝的沉醉。

在你伤心欲绝的沉醉里，
椴树花正轻轻抚着死神的假寐。
它抛撒谁也担不起的你的诗句
于一切不合适的地方，
尤其你站过无数次的黄昏的边缘，

领受着无数次刺骨的冷漠。
其中被太多人错过的
是涌自你心底的泪。

在涌自你心底的泪里，
你释放出诗中从没释放过的自己。
你没要求世人认可你够忠诚，
而只一味地敞开与袒露，
如月亮一味地让大地承载自己，
是因为你深知，所谓忠诚
须先忠实于
不输于赤子的真粹。

在你不输于赤子的真粹里，
有因《旧约》所多玛城的毁灭
而生出的对罗得妻子的同情。
但有谁同时想到埃及的伊西斯女神，
并为尼罗河已宿命般地

拍打到你的墓地，而担心
惊醒你不久前才有的
平和宁静的安睡。

来这里的茨维塔耶娃

我是一条向你倾泻的河流，
正在河口处凝神谛听
自己都不明来历的源头。
我惊讶脚下正吞吐着的每一个浮沤，
都有意让奥卡河
大方地裸出它的沙地沼泽，
怎么还能饱吸塔鲁萨的草香，
与波列诺沃的落日一起
沾着对岸贝霍沃村的清露，
快乐地站上
每一只飞翔中的
金龟子的肩头。

呵，我生命中宽广的河谷，
滋养我成熟身体的
伏尔加最浩荡的支流，
你为何只固执地送我以爱，
却又让它们才上眉尖，
就走到了与我诀别的岔口。
你暗示我这世界上存在有不需用手
就可以安慰受伤的心的
那一种抚摸，
但还可以往哪里去寻无唇之吻
才是我饥寒交迫中最热切的
贪恋与祈求。

该如何抚慰这深刻的渴望，
在每每想起身畔就落叶缤纷的午后。
我承认自己真的抓不住
每一个错认我灵魂的人儿，
正如不能不放钟声
出这望之俨然的重门深锁的高楼。

但仍愿意相信这世上终究有精神之爱
能滋润特别干涸的肌肤，
并和它此后所泛出的光色一起
带出远处爱情悬崖上的风景，
一点不漏地
印入我与他的深眸。

在我悲惨的放逐中

在我悲惨的放逐中，
你曾向我召唤，
说故乡喀山的风
不停地在卡班湖上跳跃，
它散发出的麦香气息
浸透了口琴中的那杜冈节，
是拉长了的以昼易夜的节律，
烘烤了我浑厚的嗓音，
能一直在伏尔加船夫的
心中激荡。

还有斯卡拉歌剧院的欢呼
和纽约大都会的票房，

与卡鲁索、鲁福交汇出的
浮士德的梅菲斯特，
是否让我暂时忘记了
自己扮演的更多的角色，
终究敌不过冷酷多疑的伊凡雷帝，
整个儿地倾倒了高尔基，
并让拉赫马尼诺夫崇拜我
就像崇拜他自己一样。

还可以有一些记忆的，
是伟大的斯坦尼斯拉夫斯基
居然能先获我心，
和居然王座上的天才列宾
就答应了替我画像，
都比不上托翁因我的《老伍士》
而流下苍涩的泪。
但为何那里已有的一句歌词
竟是“愿上帝保佑你们
能平安地回到故乡”？

回不去的我的每一个过去，
和俄罗斯每一个
清冷而难挨的白夜。
我哪是真指望枕着塞纳河入睡，
不如说唯此才能永夜独醒，
咀嚼我漂泊不定的凄惶。
直到灯光转暗，
躺倒了一颗求自由的灵魂，
和大幕落下时
一抹终于让我放下焦虑的余光。

奥库扎瓦的神明

我的诗
栉沐几个世纪的风和雨，
居然能穿过你的门楣，
在碰倒无数个琥珀和彩蛋后
释放了所有躲藏在套娃中的魔鬼，
和关于你死去父母的
最惨痛的
秘密。

我瘦弱的生命，
因此尤期待解冻的阳光
能拂过我浑浊的眼，
让它溢更多的泪润我干涩的喉，

所唱出的歌，都是
能带我回到你身边的
难以置信的
惊喜。

阿尔巴特街呵，
我生命中的灾难，
度我堕入黑洞的每一次惊醒
和灵魂徒劳攀爬的每一个台阶。
注定了我赎罪者的身份，
是此生必将历经磨难，
此后就再没可能
忘记。

然而你又有精灵
围护我朴素而真实的吟唱，
让我吉他奏出的阿尔巴特之歌
能隔着被崔画花的摇滚墙，
从近旁莫斯科河的东头，

一直流淌到你

深情又浪漫的

街西。

永恒的安宁之上

——普廖斯时期的列维坦

在普廖斯平野坦缓的河岸，
阳光才度过白桦林，
就逼退了骚闹的春汛
无尽，让秋天用它深邃的眼，
巡视这里每一块
才犁开不久的土地。

黄昏中的草垛，
远天露凝星旦的初霁，
有被金顶隔断了翅膀的鸟儿的
低吟，为何总是掠过他人，
温柔地将自己投影在

你的心底。

包括被你结构得如此均衡的
那个渊潭，浮漾有磨坊女
可怜到失去表情的花面
惨淡，为何凄冷而仍能饱满如满月，
上面有无数的光斑在流动，
每一个都不是宁静，是哭泣。

因为你命定是秋之子，
必须听每一个秋摇落的声音。
你试着去吸空气中春的养分
没停，因此必定愁多难遣，
如所有不世出的天才，
就得饱尝强大而蓬勃的郁悒。

然而你还有欲望，
是要让所有的缪斯都看向你，
为你失怙的童年去爱，

同时，眼睛越过姑娘的青涩，
分惠及隐蓄着成熟情与欲的
她的母亲。

只是你强大蓬勃的郁悒终究似
九月无望的丘鹬。
你努力着把手伸给它们
微笑，但它们的同情
是你太孤寂，甚至常常连自己
都没办法握紧自己。

伊斯特拉河浩荡流去，
只乌托姆里湖上
尚残留着她的钢琴。
可惜，你既熟悉这里的每一处快乐，
怎么就错过了开满白花的春樱，
并从此在无所庇荫中孤寂。

塔林致命的婉约

这里每一条街的拐角
都努力收窄自己，
以便在人们的疑惑与轻慢中，
豁然放入远处里加湾
温煦又浩荡的风景。
然而它们还是迭有感叹，
为太少人知道
因为对条顿骑士心存感激，
使一座默默无闻的城，
从此有了同于自己的素性。
按说你既然没办法
送自己穿过托姆比亚城堡，
去一觇流散在贵族舞池中的

上城烂漫的春光，
就该有困踬于廊下的沮丧。
你既难以接应并接受
下城市民的狡狯，
或商人交易时的算计，
就该乐见火与雷能施展威灵，
去拆毁约束自己的蔽障。
但是为什么它酷刻的约束
竟是你缘以行略的通径，
你催四季的花拂每一个青铜的顶，
欲殷勤地扮靓每一个门楣，
诚可谓惺惺相惜的典型。
但你并不企求人们能理解，
正如钻石常常需要有那一道镶边，
倘若女孩颀长的颈项
没有了这一抹醒目亮丽的珠链，
虽仍可以漂亮，
终究失去了一份
这样致命的婉约。

十、星月下的宣礼

因为有神谕

因为有神谕，
新月下的海岬，
拜占庭才得以撑起
罗马帝国的斜阳。
那样的辉煌，
是皇帝临死前的希望。

因为是荣耀，
它才得以用自己的名字
连同圣母玛利亚之星，
宣告了君士坦丁堡的前世。
但那些将要到来的悲伤，
它一个都没有想到。

譬如十字军的劫掠
和突厥人的猖狂，
奥斯曼帝国的雄心，
是几个世纪的征战，终得以
用灰泥涂掉基督的一生，
让依兹尼克瓷砖
拼合出一代代苏丹们的坐床。

休再问瓦伦斯渡槽
是否比特奥多里奥的城墙更长，
从黑海引入的地宫之水
是否还梳理着美杜莎的蛇发，
她眼中的方尖碑，或许早已失忆，
犹如后者早已忘记了尼罗河的
流水汤汤。

无数次星月升起，
都无视宣礼塔上的彷徨。
它望着神秘的苏美尔，

还有巴比伦谜一样的惆怅，
像是问，你们还认识妖魅的亚述吗，
还有冷峻的赫梯的笑？
如果你们只贪馋此间的羊肉卷，
就别说能识读这里长夜不息的幽光。

所以，我虽然好客，
你们却不能算是内行。
你们只会说欧洲在左亚洲在右，
甚至还读不懂帕慕克的沧桑。
从不被政治绑架的是这座城市的灵魂，
其实它不仅是城市，是文明，
可惜这样的气质
已很少有人知道。

我当然也会

刚被人抚弄过的这些挑檐下的孔雀，
常被迫要选择行经吉兆之门的时间。
它们虽看得懂缛丽天花上的每一种星语，
终究不能与闻圆穹下王的密议
是必须交由每一柱琮琤的泉，
由它们搁下圃菊与畹兰，用玉溆的轻縠
去掩饰他关拦不住的野心。
直到落日衔远山蹚过黄金命名的通道，
召唤出收到大卫的剑和摩西权杖的
这样的苏丹来会他的真心
和必将迎来的他眼见的衰老。
他的仁德广布天下，
恩泽更溢出丝路舶来的无数元青花，

是盛满的玛瑙与钻石，
很容易就引出了后宫的百媚千娇
和她们百变的热闹花样。
然而三门四进的豪奢终不能叫他忘了
先知须发上的星霜。
所以他要让自己的宫殿尽可能往高处去，
建在高敞的萨拉基里奥岬角，
是世人所知的唯旧拜占庭卫城的城基
才配得上他睥睨天下的坐床。
这就是他的世界，
尽大地应该只有他一人的旨意
能让伊夫塔耶纤巧的金亭，庇荫那些
多事的娇娇婷婷。
而那个由许多柱廊支撑起的征服者之亭
够伟岸，必须永远对着马尔马拉海，
并其横楣必须刻上他用生命抵押的誓言：
如果主神为之牺牲，
我必誓死相随；

然而倘主神放下一切，

仅因为它的美，

那我当然也会。

这里本不该有人

既然已放入了整条海峡
斑璨似锦的波光，
和由它们在每一处宫墙上
荡漾开的羊脂色的影子，
那么谁再想扮演精灵
在这样的仙宫起舞，
就只能是不明进退的徒劳。

它望着头上硕大的吊灯，
是让一切光都黯然失色的
大块水晶的莹澈，
此刻不知是受何方神灵的蛊惑，
居然躲过钟楼执拗的窥视，

处处施恩留情，
占尽了每个房间的春光。

每一块雪花石背后的埃及
和每一堆红斑石缝隙中的贝加蒙，
每一年爬上这些石头的马尔马拉海的藤蔓
和能唤出每个人过往的彼岸花的须发，
竟是这样香艳后宫的胭脂，
终究还是画花了每一块镜面上
它流光泛溢的浮屑。

及至黄金堆成的欲望，
草草，涂抹完奥斯曼帝国
最后一丝奢华，
它的沧桑却要它们能留在原处，
坚决而矜持地逼退所有人，
为他们的德不配位，
哪里配觊觎美卜居的地方。

那根从清晨绷直到黄昏的纶丝

你不可能这样，
让自己从日出到日落
都仅属于加拉太桥，
和由它定义的
散淡到几乎放废的生活。
但他们却能
在这样的金角湾，
拥一只旧暖炉，
耐心地等茶沫翻腾出
浓郁的香，
以便能引每一只鸟
用如剑的喙俯冲，啄食
而浑然不觉。

因为他们太需要有
归心于静的坚持，
使他们懂得提醒自己须耐心
鹄候每一丝横贯海峡的风，
谛听它捎带
对岸宣礼塔清晰的钟声，
有几下略滞涩，
更多如轻羽更轻地
从艾米纳诺渡头带一种悲悯，
来到嚣闹的俗世，
和人们疑信不宁的
心头。

你已过去的未来

想象你殿堂上的美杜莎
能这样平静地面对恶的诅咒，
是因为有从哥林多传来的
圣保罗的福音，
悄然行过热闹的市集，
唤回了你沉溺在浴池中的
婉转而深情的吟唱。
但爱奥尼亚人的雄图，
为什么全抵押给了亚历山大？
以弗所厚重的基石，
为什么只垫起
克里斯特大道上的绮思，
由它升腾起蓬勃的欲，

一拐角就忘了塞尔瑟斯的路，
连同它永远朝向阳光的
纸草书上的训教，
怕只有鬼和欢场征逐的水手
才能知道。
很快，夜莺山上的星月
就照不到朝圣者身上沾带的
地中海的风霜，
它只是看见阿尔忒弥斯的残骸
不断在回眸，似依依不舍，
每次都只为能辨识自己的肋骨
如何被折叠成后人眼中的美，
其实全是她惊世的陨落，
有所有人都无法担荷的彻底的
悲恸与哀伤。
真就这样了吗，
这样快就过尽了所有史诗般畅好的时光，
丢失了一切可称之为荣耀的荣耀？
直到滔天的洪水

和疯子手中的火把，熊熊，
烤焦了所有幸存的残石，
上面兀自停留的小亚细亚的泪，
仍不能洗刷因海的消退
而带来的你视线回缩的烦恼，
似着实地为这样的海田之变惊倒。
所以别再刻刻望向那条
让你到不了爱琴海的彻底淤塞的河道，
它是你日渐干涸的雄心
在造化斡运下
注定该领受的失去运气的象喻，
并即使你能时时重温使徒的预言，
因已失去了理想甚至膂力，
就不应该再期待
那带给人希望的灯台
能再次照亮你早已黯沉的眼，
或指望它有足够的清澈
去映象所有将要到来的星光。

后　　记

就个人来说，写诗不过是近三年的事，但喜欢诗却远不止三十年。

这三十年中，读过许多书，但记住的不是很多。留下可以记住并相信的，多半是诗，或与诗有关。所以有时会说自己与诗有缘，原非过甚其词。对此，别人也许不怎么觉得的，自己也懒得说明。是为痴。

间有一二故人动了好奇心，来问发生了什么。其实能发生什么呢，不过是随时间推移，渐渐了解了自己；又随人之将去，自然而然地学会了更多断弃。但这样的解释似乎仍没什么说服力，因为在常人眼里，诗是这样的东西，它只会使真实变得不真实，乃或在生活中不能真实，人才会去写诗。总之，如果人生果真是一趟忧伤的行历，那么它的先锋通常是诗，但拣尽寒枝后它的殿军，通常另有其人或事。

不能说持这种认识的人一定错了，连弗罗斯特都没法说服人不将诗视为装饰，一如丁香必定有它自己，但还是难逃被人用以调味食物的命运。至于想出版诗集，固无不可，希望它能被关注，就纯属马尔克斯所说的丢一瓣玫瑰花入山谷，然后指望能听到它的回声了。不过饶是如此，个人仍觉得上述的认识不真。一个人偏好用诗来安顿自己，一定是切切实实地体认到诗是人心最大的真实的。此所以阿诺德称诗是“人心的精髓”，赫兹利特认为诗是“生活中最精细的部分”。

可用为佐证的照例是诗。如华莱士·史蒂文斯就曾有这样的诗句：“秋叶落尽之后，我们回归 / 一份事物的直感。”正因为诗须依赖直感，并只专注于或最擅长写直感，注定了它比其他文体都更努力地以裸出真实为职志，并更能让写诗或读诗的人借此不惮面对真实的世界，乃至真实的自己，既足证自己有自信，因为他根本不以自己的拙于应世为意，他坚持按自己的意思活，并当生活给的不是他想要的，仍因为有诗而相信，能安静；又足证自己够诚意，因为他认定“诗是抗拒不完美现实的一种方式，亦为创造替代现实的一种尝试”，一如布罗茨基所说，这让他在心里袪除一切功利的计较，全不算计与人沟通的成本，是最执意地要将倾诉进行到底，并当别人不能理解，决不强求同情；万一对方懂得，也不必然会有望外之喜，只是更确知诗的力量而已。

此外，诗的无可替代就都在它有恰如其分地传递人心精髓和生活的精细的形式了。即它能假一种特殊的语言，造成动人的韵律和节奏，来传达人内心的情感，进而调用比喻、象征等修辞手段，凝合成可移合、嵌接和转换的意象，多角度表达这种情感的力度与速度。正是这种特殊而强烈的“内指性”，使诗与其他文体区别开来，成为如薄伽丘所说的一种“精致的讲话”。由此带出的魔力，足以让人面对生活中任何言说的寒俭和表达的苍白，宁可选择沉默，也不愿哓哓不休，进而认为有些话是不说与说一样真，更有些话一旦说出来就必须浃髓沦肌，直达人的心底。

在这方面，几个世纪以来的中西诗人和诗论家们都有过精彩的论述，也留下了许多可称经典的诗作。直到一百年前西诗传入，在中国人的抒情与西方诗的浪漫的颉颃中，尤其在传统与当下的交互激荡中，面对着一边是认定唯诸夏独有的俪文律诗，才可与外域文学一较高下，一边是坚持唯文废骈、诗废律才是进步，才有出路，一些新文化阵营中的人在响应胡适倡导的“自然音节”同时，已不时“勒马回缰写旧诗”。至于那些持文体本位的新诗作者与诗译者，基于汉语的特性，体认着悠长的中国古典的传统，更留心梁启超提出的“新意境”、“新语句”和“以古人风格入之”的作诗三原则，希望通过“敛才就法”的修炼，来成就“诗界哥伦布”的伟业。他们孜孜矻矻，比勘中西声律之异同，追求诗与音乐的联通，由此讲字节和顿数，衡音尺和音组，并经上世纪五十年代往下直贯到今天，对如何守正开新，在脱弃旧体诗束缚的同时，造成节有定行、行有定拍，并换韵有序的新体格律，仍多有艰苦的探索，更抱有绝大的热忱。

个人的趣味与这种主张更接近一些，并觉得经由意象派的译介，中西诗可共通的一面已大体为人所知。当然，其间的差异也更加显而易见。及至二十世纪以后，西方诗歌和诗学理论被不断引入中国，有的诗人还亲来中国与读者分享自己的经验，这导致了新诗体式的多样化已日渐成为不可逆转的趋势。其中不重字而更重句与语段的锤炼，不重段式均齐、章法互应而更多放任诗意流散和诗行出入，更是成为风气。其下焉者，更挟“日常写作”的诉求而沦为“口语诗”“废话诗”。但正如不论在前现代还是后现代的语境下，西人作诗论诗都好讲意象，中国古人也一直很重视意象的营建；不论古代还是现代的中国人，作诗论诗都好用典故，西方诗人和诗论家也同样每常出入希腊罗马，像哈罗德·布鲁姆《读诗的艺术》在讨论讽喻、提喻、转喻和隐喻的同时，就特别谈到用典。至于因语言不同，中西诗人追求诗歌警策的方式固然有所不同，但在诸如从整体上追求诗的陌生化方面，宋明以来诗家通过处置诗歌中的闲言助字，来求得诗品诗格的不同凡俗的讨论，与欧美结构主义学派和形式主义批评中有些论述，其实并无二致。要之，一个是诗与乐从其发端到流变从来联系密切，是为诗乐一体；一个是抒情诗在词根上就与乐器有关，决定了其自由抒写必定不离节奏，并只有赖富有形式感的整赡节奏才能真正实现。

所以就诗歌内蕴的营造而言，个人最在意的是前已述及的写出自己直接感知到的心底的真实，并因为有意赋予这种真实以更广大的指向，而不免常以诗人所谓“此时此刻我在说一件事情，而在表达时我所说的也许又有些超出那件事情”为极诣。而在形式上，如果说新诗的确存在自由体和格律体的大致分野，那么自己更愿左右采获，务求综合其所长，尤其希望能打通古今与中西的界域，更充分地开显创作背后所隐蓄的中国文化的底色。

这个说起来容易，要做好很难。好在收在这本集子里的一百四十首诗，都是写个人在欧洲的行历。欧洲的历史与文化同样悠久而复杂，许多此前根本不了解，有的虽略知一二，一旦身临其境，仍不免惊诧莫名。由此产生的心灵震撼，不作诗真不知如何消解。但也因为这样的缘故，似天然地就在写作之初，要求自己更多地投入，化身为客观而不偏狭的异文化的观察者。与此同时，提醒不要忘了比量从来的传统，检视自己的内心，也是题中应有之义。因为这是自己所见到的欧洲，又因为是在诗中，它可能并未这样发生，甚至并未真实展开过，只是被自己的“误读”，唤出了它将要到来的可能。这样的幽窈惝恍，本身就非常诗歌。

现在，再看这些旅途中草成的歌吟，回忆十年间行过的每一处川原和山峦，它诞育于大地的灿烂文明，自带光环，是那样富有诗意甚至神性地根扎在欧罗巴厚实的土壤，和每一块不可思议的岩石的缝隙，而它精神的枝条，仍借着这块土地上伟大人物的不朽创造，既通过文物制度，也每借助色彩和音符，在阳光下向我招摇。这当中，自然不会少诗人，譬如在塞特和蒙彼利埃的瓦雷里，他的故居、博物馆和滨海墓地，直接引动了我郁勃的诗兴。故除收入集中的墓前吟唱外，我另口占了一首七律，贴在早已空无一物的他故居的门前："簇锦篱花照眼青，萧森柏树属云停。曾传孤耿欣神助，还剩清衷赖鬼听。目想日迟能去海，魂招风软不来庭。问随心事归何处，分与浮生到杳冥。"

在我快写完这篇后记时，亚平宁半岛的太阳想必已经升起，莱芒湖的鹅也开始从温暖的翅膀中探出它们的头，等着下一个十年，还会去履踪未及的每一个地方的我，应该还会被许多的风景和人感动。这样的情景，太像维多利亚时代诗人丁尼生《尤利西斯》所写的："尚未游历的世界在门外闪光，而随着我们一步一步去前行，它的边界也不断向后退让”，“尽管已达到的多，未知的也多啊”，“几次生命堆积起来尚嫌太少，何况我唯一的生命已余年无多”。

汪涌豪

二〇一九年春分